生贄として捨てられたので、辺境伯家に自分を売ります2

～いつの間にか聖女と呼ばれ、溺愛されていました～

shiryu

24188

角川ビーンズ文庫

CONTENTS

プロローグ
7

第1章　初めてのお友達？
23

第2章　アルタミラ伯爵家の失墜
119

第3章　ダンスパーティー、そして襲撃
151

第4章　ルアーナとジークの関係の変化
215

エピローグ
251

あとがき
265

ジークハルト・
ウル・ディンケル
ディンケル辺境伯子息にして、
最前線で魔物と戦う騎士。
ルアーナを特別な
異性と自覚する。
ルアーナ・チル・
ディンケル
アルタミラ伯爵家の娘だったが、
ディンケル辺境伯家の家族となる。
希少な光魔法を使う。
生贄として捨てられたので、辺境伯家に自分を売ります
〜いつの間にか聖女と呼ばれ、溺愛されていました〜
2
CHARACTERS

ディーサ・グン・アールベック

侯爵令嬢。魔法の塔に勤める
優秀な魔法使い。
ルアーナの友人になる。

レベッカ・ヴィ・オールソン

伯爵令嬢。エリアスの婚約者。
ルアーナに興味を抱き、友人になる。

ディンケル辺境伯家の人々

クロヴィス・エタン・ディンケル
辺境伯家当主。ルアーナを娘にする。

アイル・エス・ディンケル
クロヴィスの妻でジークハルトの母。
ルアーナを可愛がる。

エリアス・バリ・レクセル

公爵子息。ジークハルトの友達。
レベッカにベタ惚れ。

アルタミラ伯爵家の人々

ヘクター・ヒュー・アルタミラ ルアーナの父、伯爵家当主。

デレシア 伯爵夫人。実の娘ではないルアーナを嫌悪している。

グニラ ルアーナの義兄。炎の魔法を操る。ルアーナとジークハルトを逆恨みする。

エルサ ルアーナの義姉。浮気がバレて、公爵子息との婚約を破棄される。

本文イラスト／ＲＡＨＷＩＡ

プロローグ

私、ルアーナ・チル・アルタミラが、ディンケル辺境伯家の名を名乗ることになるとは、数年前は思ってもいなかった。

私は十歳から十五歳まで、アルタミラ伯爵《はくしゃく》家で暮らしていた。

婚外子《こんがいし》だったから家では迫害《はくがい》されていたが、十五歳の時に生贄《いけにえ》のようにディンケル辺境伯領に魔導士《まどうし》として派遣《はけん》された。

しかし私は隠《かく》していた光魔法を使って、ディンケル辺境領で聖女と呼ばれるくらいに活躍《かつやく》した……まあ聖女と呼ばれるのは少し恥《は》ずかしいけど。

それで私は十八歳となり、久しぶりに王都に来て、初めての社交界に出た。

緊張《きんちょう》していたけど、一緒《いっしょ》にディンケル辺境伯家で過ごしてきたジークハルトと一緒に出たので心強かった。

特別褒章《ほうしょう》をいただいたり、アルタミラ伯爵家の当主が騒《さわ》いだり、お義兄《にい》様やお義姉《ねえ》様に絡《から》まれたりと、いろいろとあったけど……まあ大きな失敗はしていないと思う。

そして、皇宮での社交パーティーが終わってから数日が過ぎた。

「友達は、できなかったなぁ」

王都のタウンハウスの庭で紅茶を飲みながら、そう呟《つぶや》いた。

ここの庭も綺麗《きれい》な花々が咲《さ》いていて、お茶をするにはとても素晴《すば》らしい場所だ。

辺境伯家の屋敷《やしき》の庭もこんな感じで、アイルさんが目覚めてからよく二人でお茶をした。

アイルさんと一緒だと話すことが尽《つ》きないで、すごく楽しかったなぁ。

「お前に社交性がないからだろ」

「……」

テーブルを挟《はさ》んで座っているジークに、冷静にそう言われる。

確かに私はいろんな人に話しかけられたけど、まともに話はできなかった。

だけど、それの一番の理由は……。

「ジークが隣《となり》にいたからでしょ」

「はっ？」

不思議そうにジークが首を傾《かし》げるが、絶対にそうだ。

だって女性が話しかけてくる理由がほとんど全部、ジークのことを聞くためだから。

『ジークハルト様とルアーナ様はどういった関係なのでしょうか？』

『お二人は婚約者《こんやく》ではないのでしょうか？』

『ジークハルト様のご趣味《しゅみ》などはなんでしょうか？』

などなど、いろいろと聞かれたものだ。

最後の質問に関しては、なんで私に聞くのかもわからない。ジークに直接聞けばいいのに。

そういう話ばっかりだったから、女性と友達になることはできなかった。

「ジークがあんなにモテるなんて、知らなかったわ」

「俺の顔と辺境伯家の嫡男《ちゃくなん》っていう地位を見て近づいてこられても、嬉《うれ》しくはないがな」

「えっ、ジークって自分の顔にそんな自信があるの？」

「父上と母上の子だからな」

「正論すぎて何も言えないわ……」

確かにクロヴィス様とアイルさんはとても顔が整っているから、ジークの顔が良いのは当たり前だった。

辺境伯家の嫡男だし、彼と婚約できれば嬉しい、と思う令嬢《れいじょう》は多いだろう。

そう思うと、ジークは婚約者を選ぶのが大変そうね。

辺境伯家の嫡男とかじゃなく、ちゃんとジークのことを見て好きになってくれる人。

そんな人と出会えればいいわね。

でもその時は、ジークと今のような関係でいられなくなるだろう。

……そう思うと、なんだか少し寂《さび》しいわね。

あ、だけど今はそんなことを考えている場合じゃないわ。

「話が逸《そ》れたわ。ジークのせいで友達ができなかったって話よ」

「女性に関しては俺のせいじゃねえだろ」

「そうね、だけど男性に関しては、あなたが邪魔《じゃま》をしていた気がするけど」

女性から話しかけられることが多かったが、男性から話しかけられることもあった。

その時には毎回、ジークが隣にいるのだ。

女性から話しかけられている時はどこか違《ちが》う場所に行ったり、私以外の違う女性と話しているのに。

なぜか私が男性と話していると、すぐ隣に来ていることがほとんどだった。

しかもなぜかジークは少しその男性に敵意を出しているから、男性達はそれに恐れをなして去っていった。

「せっかくクロヴィス様に人脈を広げて来いって言われたのに、ジークは男性に怖《こわ》がられているし私も友達ができないままで、全然人脈を広げられなかったわ」

「……まあ、社交界は闘《たたか》いだからな」

「どういうこと？」

「ルアーナはまだ社交界に慣れてないだろ？　だから下手な男達にだまされるかもしれなかったから、牽制《けんせい》してやったんだよ」

「本当に？」

「ああ。それに、俺がいるだけでルアーナと話せなくなるような男なんて、どうでもいいだろ」

「うーん、そうなのかしら？」

「そうだよ」

まあ確かに、ジークの敵意を浴びただけで逃《に》げる男性と、友達になりたいとは思わないけど。

あ、だけど確か、私に話しかけてきた男性の中で一人、ジークが敵意を向けなかった人がいたわね。

私と軽く話した後、ジークとも会話をしていた。

しかもジークとその男性は、少し親しげに話していたような気がする。

遠くにいたから話の内容は聞こえなかったけど。

確か名前は……。

「ねえジーク、エリアス・バリ・レクセル様とはどんな関係なの？」

「エリアス？　あいつがどうかしたのか？」

やっぱり呼び方とかが親しそう、友達だったのかな。

「別に、少し気になっただけ」

「気になった？　何がだ？　顔か？　地位か？　確かにあいつは公爵《こうしやく》家だが、すでに婚約者がいるぞ？」

「えっ、いや、ただジークと親しそうに話していたから、気になっただけだけど……」

「……そうか」

なんか一気に質問をされてビックリしたけど……。

「えっ、なんで今、そんなに聞いてきたの？」

「……なんでもない」

「いや、そんなわけ……」

「なんでもないと言ってるだろ。それで、あいつの何が聞きたいって？」

ジークが顔と話を逸らしながらそう聞いてくるけど、少しだけ耳が赤いのが見える。

なぜなのか聞きたいけど、全く話すつもりはなさそうね。

仕方なく最初に聞こうとしたことを喋《しやべ》る。

「だから、ジークとエリアス様はどういった関係なの？」

「俺が小さい頃《ころ》、王都のこのタウンハウスにしばらく住んでいる時期があったんだ。期間は数ヵ月ぐらいだが、その時に仲良くなったやつだな」

「そうなのね」

ジークにも男友達みたいな人がいたのね、初めて知った。

……えっ、ちょっと待って。

私はジークも友達がいないって思ってたから、どこか安心してたんだけど……。

友達がいないのって、私だけ？

「ジークにすら友達がいるのに、私に一人もいないなんて……」

「おい、俺のことをなんだと思ってるんだ」

「だってジーク、私と最初に会った時の第一印象が最悪だったじゃない」

「……それは否定しないが」

十五歳の私に対して「チビ」とか「ガキ」とか言ってたし、そんなことを言うジークに友達がいるとは思えなかった。

「それと、エリアスは別に友達じゃない」

「だけど前の社交パーティーで、一人だけ親しそうに話してたじゃない」

「知り合いってだけだ。数年ぶりに会ったが何も変わってない、軽薄《けいはく》そうな野郎《やろう》だったな」

「そういうのが欲しいの！」

「はっ？」

「そういう軽口が言えるような関係性の同性の友達って、とても素敵《すてき》じゃない？」

「……だから友達じゃねえって」

ジークは否定するが、二人の関係は友達と言えるだろう。

おそらくエリアス様もジークのことを友達だと思っているはずだ。

私も欲しい……そのためには、まずは社交パーティーにまた出ないと。

それに友達まではいかなくても、ディンケル辺境伯家の令嬢として、人脈を広げないといけないわ。

幸いにも、社交パーティーやお茶会などのお誘《さそ》いはいっぱい届いている。

また新しいお誘いの手紙が届いて、それを確認《かくにん》しているんだけど……。

「どれに行けばいいのかしら……」

本当にお誘いの手紙が多くて、どれに行けばいいのか全くわからない。

「ジークにも誘いが届いてるでしょ？」

「届いてるが、ほとんどが令嬢からだから断ってる」

「さすがね……だけど別に全部断らなくても、魅力《みりょく》的な女性がいたらお誘いを受けていいんじゃない？」

「……いないから断ってるな」

そうなんだ、だけど全部の令嬢からの誘いを断っているって……。

「ジークって意外と女性への理想が高いの？」

「……いや、別に」

あっ、これは絶対に理想が高いやつだ。

ジークの理想の女性……あっ、もしかしてアイルさんと同じくらい素敵な女性、なのかな？

もしそうなら、確かにアイルさんほどの令嬢《れいじょう》はなかなかいないでしょうね。

「今は俺のことじゃなく、お前だろ。まず名前を憶《おぼ》えている令嬢なんているのか？」

「そ、それくらいいるわよ！　……名前と顔があまり一致《いっち》してないけど」

「やっぱりな」

うぅ、本当にいろんな人にどんどん話しかけられて、覚えている暇《ひま》がなかったんだから。

よほど印象に残ってないと……あっ。

手紙の差出人の名前を見ていて、一人の令嬢の名前に目が留まった。

「この令嬢の方、しっかり覚えているわ。全くジークのことを聞いてこなかったから」

「ほう、名前は？」

「レベッカ・ヴィ・オールソン伯爵令嬢よ」

私がそう言うと、ジークが納得《なっとく》したように「あー」と声を出す。

「確かにその令嬢なら、俺のことを聞く必要がないからな」

「もともと知り合いなの？」

「いや、全然。だが知っている。その令嬢は、エリアスの婚約者《こんやく》だ」

「えっ、ジークのお友達の？」

「だから友達じゃねえって」

まさか私が特に覚えている令嬢の方が、ジークの友達の婚約者だったなんて。

これはどこか、運命を感じる……！

クロヴィス様やアイルさん、それにジークも私をディンケル辺境伯家の一員として認めてくれた。

だから辺境伯家の令嬢として、社交界で人脈を作って……あわよくば友達が欲しい！

「私、この方のお茶会に行くわ！」

◆◆◆

ヘクター・ヒュー・アルタミラは、とてもイラついていた。

「ああ、クソが！」

執務室《しつむ》に積み重なっていた本や書類を払《はら》い落とし、床《ゆか》が見えなくなっていく。

大事な本なのか書類なのかわからないが、それらをさらに踏《ふ》んでストレスを発散する。

しかしそんなことをしても、苛立《いらだ》ちは全く収まらない。

「なんでルアーナが生きてるんだ⁉　それになぜいつの間に、あいつがディンケル辺境伯

家の者になっているんだ⁉」

三年前、派遣《はけん》してからすぐに死んだと思っていたので、確認もしていなかった。

どうやって戦場で生き残ったのか、アルタミラ伯爵《はくしゃく》家は魔導士《まどうし》の一族だが魔法は全く教えていなかった。

いや、今はもうどうでもいい。

結果として生き残っているのだ、方法なんて後で調べればわかるだろう。

問題なのは、ルアーナの功績がアルタミラ伯爵家ではなく、ディンケル辺境伯家のものになっていることだ。

（許さんぞ、あの女の功績はアルタミラ伯爵家のものだ！　特別褒章《ほうしょう》をこの伯爵家がもらえれば、事業は立て直せるはずだ！）

ここ一年でさらに事業の成績が下がってきている。

このままでは爵位が下がっていき、爵位を没収《ぼっしゅう》されて没落貴族となってしまう。

それだけは何とかして避《さ》けないといけない。

「ディンケル辺境伯め、手柄《てがら》を全部自分のものにしたいからって、ルアーナの出自を変えやがって……！」

すぐに戻《もど》したいが、皇宮で開かれた社交パーティーで皇帝《こうてい》陛下がはっきりと「ルアーナはディンケル辺境伯の者」と言ってしまった。

それを覆《くつがえ》すのはとても難しい。

覆せるとしたら、皇帝陛下に直訴《じきそ》してアルタミラ伯爵家の令嬢として認めてもらうか、ディンケル辺境伯家が「ルアーナはうちの者ではない」と言うか。

それ以外は……。

「ルアーナが、自ら戻ってくるか、だな」

三つの中だったら、一番それが現実的だろう。

（そもそも、社交パーティーのあの場であいつが「アルタミラ伯爵家の者です」と言っていれば済んだ話なんだ！　それをあいつ、私がわざわざ出たというのに……恥《はじ》をかかせやがって！）

「誰《だれ》が、あの出来損《できそこ》ないを育ててやったと思ってる！」

ヘクターはそう叫《さけ》んで、床に散らばった書類を蹴《け》り飛ばした。

まだヘクターの怒《いか》りは収まらない。


アルタミラ伯爵家の別の部屋では、もう一人怒りで震《ふる》えている者がいた。

グニラ・リウ・アルタミラ。ルアーナの母親違《ちが》いの兄だ。

「くそ、くそが……目の前が、まだ霞《かす》んで見える……！」

ベッドの縁《ふち》に座って、片手に氷が入った袋《ふくろ》を持って目や腫《は》れた頬《ほお》に当てていた。

ルアーナにやられた目は約半日経《た》ったが、まだいつものようには見えない。

「お兄様、大丈夫《だいじょうぶ》？　明日の朝には普通《ふつう》に視力はもどって見えるって話よ」

近くの椅子《いす》に座っているルアーナの母親違いの姉、エルサがそう言った。

医者に軽く診《み》てもらいすぐに治るとのことだったが、微妙《びみょう》に目に違和感《いわかん》が残っているのがグニラの怒りを増幅《ぞうふく》させていた。

「あのゴミが、この俺にふざけた真似《まね》を……！」

ルアーナに対して、ずっとこの伯爵家でゴミのような扱《あつか》いをしていた。

だからこそ、そんなゴミにしてやられて、心の底からイラついて許せなかった。

「あのまま俺が魔法で一帯を焼き尽《つ》くせば、絶対に殺せたんだ。それなのに、邪魔《じゃま》が入った……！」

大声を出そうとすると、頬の傷がズキズキと痛む。

頬は医者に見せて治癒《ちゆ》魔法で治してもらったが、頬の内側が切れたところが治りきらなかったようで、まだ痛みは引かない。

ルアーナの光魔法で目を潰《つぶ》されて見えなくなったので、魔法を放って辺り一帯を炎《ほのお》で埋め尽くしてやろうと思ったところ、頬に衝撃《しょうげき》があって吹《ふ》き飛んで気絶した。

あとでエルサに聞いたが、ルアーナと一緒《いっしょ》に特別褒章をもらっていたジークハルトという男の仕業《しわざ》だったらしい。

「あんなの、しっかり目が見えていて、不意打ちじゃなかったら反撃《はんげき》できたんだ！　あの野郎《やろう》、ジークハルトってやつも絶対に許さねえ！」

自分は特別だと信じて疑わないグニラ。

第一皇子に負けたのも調子が出なかっただけ、決闘《けっとう》場で戦ったが周りが第一皇子の応援《おうえん》ばかりで、気が散ったせいなだけと本気で思っている。

「ルアーナ、ジークハルト……！　絶対にあの二人を、殺してやる！　なぁ、エルサ！」

殺意が溢《あふ》れ出る。目はまだ霞んで見えないが、絶対に復讐《ふくしゅう》してやると燃えていた。

だがその言葉を聞いて、近くで座っていたエルサがビクッと震えた。

いつもならグニラがあいつらに仕返しをすると言えば、「お兄様、絶対に私も復讐したいわ！」とでも言うのだが……。

「お兄様、私はいいわ。少し、あの人達……いえ、ジークハルトという人とは関《かか》わりたくないから」

「はっ？　エルサ、どうしたんだ？」

「い、いえ、なんでもないけど……ただ近づきたくないだけよ」

「なんだ、どういうことだ？」

「だから、なんでもないわ。そろそろ袋に入った氷が解けるだろうから、替《か》わりを持ってくるわ」

そう言ってエルサはグニラの部屋を出て行った。

目がやられているのでエルサの表情は見えなかったが、声が震えていた気がする。

（もしかしてエルサは、すでにジークハルトって野郎に何かされたのか⁉　あのクソ野郎、俺が寝《ね》ている間に妹にまで手を出しやがって……！）

グニラはそう思って、さらに身体《からだ》を怒りに震わせた。


だが実際、エルサは何もされていない。

ただ――エルサは、あの瞬間《しゅんかん》に理解していたのだ。

『ルアーナに手を出すなら、俺が許さねえ。わかったか？』

エルサは社交的で人付き合いが多かったから、相手の言葉がどれだけ本気かどうかなどは察することができた。

あの言葉は、本気だった。

だからエルサは、手を引いた。

ルアーナから、ジークハルトから。

その判断が正しかったことは――近い内に、兄であるグニラが身をもって教えてくれた。

第1章　初めてのお友達？

レベッカ嬢《じょう》のお茶会に行くことに決めて、数日後。

私はジークと一緒にレベッカ嬢のお屋敷《やしき》に来ていた。

一人で行こうとしたのに、ジークが「お前一人だったら心配だ」と言って、ついてきた。

本当に私のことを妹だと思って、心配しているのかな？

嬉《うれ》しい気もするけど、一人じゃ友達作りもできないと思われているようでムッとする。

私だって一人で友達作りくらい、できるから！

そう思ってお茶会に参加したのだが……。

今回のお茶会は立食パーティーのようで、レベッカ嬢の屋敷の庭で開かれている。

多くの令嬢がいるが、前回の皇宮であった社交パーティーほどではない。

あの時はいろんな貴族の当主や夫人が多くいたが、今回のパーティーは令嬢や令息が多い。

だから人数的には全然少ないのだが……。

「どうしよう、ジーク。全然話せないんだけど……」

「だから言っただろ」

人数が少ないからこそ、もう仲の良い人達で固まっているようだ。

だから私が入れるところが、もうない気がする……。

いや、だけどこれも、ジークがいるからじゃない？

男性のジークと一緒に、女性だけで話しているところにお邪魔するのは難しい。

しかもジークは婚約《こんやく》者がいないから、令嬢と話すとめちゃくちゃ狙《ねら》われる。

それもあって彼も一緒にいると、令嬢の方と話すのを躊躇《ちゅうちょ》してしまう。

「まず、私は誰と話せば……」

「とりあえず、主催者《しゅさいしゃ》のレベッカ嬢に挨拶《あいさつ》をしに行くぞ」

「あ、そうね」

こういうお茶会では、まず主催者に挨拶するのが暗黙《あんもく》のルールのようだ。

さっき到着《とうちゃく》した時に軽く挨拶をしたが、まだしっかりはしていない。

私は緊張《きんちょう》していたから、そういうのも忘れて誰かれ構わず話しかけてしまいそうだった。

ジークがいなければ危なかったわ。

「ありがとう、ジーク」

「ん？　なにがだ？」

「私のためについてきてくれたんでしょ？」

「……別に、暇《ひま》だったからだ」

「ふふっ、そういうことにしておくわ」

素直《すなお》じゃないんだから。

そんなジークと共にレベッカ嬢のもとに向かうが、途中《とちゅう》でジークが顔をしかめた。

「エリアスのやつもいるのかよ……めんどくさいな」

ジークの小さなつぶやきを聞きながら、私はレベッカ嬢に声をかける。

「レベッカ嬢、ご挨拶しても大丈夫でしょうか？」

「ルアーナ嬢。ええ、もちろんです」

輝《かがや》くような金色の髪《かみ》が腰《こし》辺りまで伸《の》びていて、綺麗《きれい》な笑《え》みを浮《う》かべている。

赤地に金色の刺繍《ししゅう》が入っている派手なドレスだけど、そんなドレスを着こなしていて美しい。

笑うと目尻《めじり》が下がっていて優《やさ》しい印象だけど、顔立ちは綺麗で……儚《はかな》げな美女という感じだ。

伯爵《はくしゃく》令嬢はこのお茶会に何人も呼ばれているはずだが、その中でも一番美しさが際立《きわだ》っている。

「改めまして、ルアーナ・チル・ディンケルです。この度《たび》はお茶会の誘《さそ》い、ありがとうございます」

「レベッカ・ヴィ・オールソンです。こちらこそ、来てくださりありがとうございます」

私達はお互《たが》いにスカートの裾《すそ》を持ってお辞儀《じぎ》をする。

私は挨拶がまだぎこちないんだけど、レベッカ嬢はそういう所作もとても綺麗だ。

ジークもレベッカ嬢に挨拶をしている途中、私は少し距離《きょり》を取っていたエリアス様に近づいて挨拶をする。

「エリアス様、先日の社交パーティー以来ですね」

「ルアーナ嬢、僕のことを覚えていらしたんですね。光栄です」

茶髪《ちゃぱつ》で笑顔が素敵で、優しそうな印象のエリアス様。

公爵家《こうしゃく》の嫡男《ちゃくなん》で、レベッカ嬢と婚約をしている。

身長はジークと同じくらいで、結構高い。

「もちろんです。先日は挨拶に来てくださったのに、あまり話せずに申し訳ありませんでした」

「いえ、あの時はルアーナ嬢が特別褒章《ほうしょう》を授与《じゅよ》されて、いろんな方とお話をしておられましたからね。仕方ないことです。僕のことを覚えていただけただけで、嬉しいですよ」

そう言ってウインクをするエリアス様、見た目が皇子様っぽいから様になっている。

公爵家の嫡男で、私やジークよりも位が高い方だが、丁寧《ていねい》な態度を崩《くず》さない。

それと彼の笑顔にどこか既視感《きしかん》があったのだが、ジークが令嬢に見せる美青年のような笑みと似ている。

もしかしてジークって、エリアス様の笑みを真似《まね》してるのかな？

「それにあの時は久しぶりに会ったジークに話しに行ったので、ルアーナ嬢が気にすることは本当に何もありません」

「あ、やっぱりエリアス様はジークとお友達なのですね」

「ふふっ、そうですね。彼は俺が友達だとは認めようとしませんが」

「ジークは照れ屋ですから、本当は友達だと認めていると思いますよ」

「そうだといいです。ルアーナ嬢とジークも仲が良いようですが、意外でした」

「意外、ですか？」

優しそうな笑みを浮かべたまま聞いてきたエリアス様だが、質問の雰囲気《ふんいき》が少し変わった気がする。

なんだかジークが私を揶揄《からか》ってくる雰囲気に似ている気がする。

「ええ、俺もジークと仲が良いのですが、ジークは女性と仲良くなるようなタイプではなかったので。彼とはいったいどんな関係で？」

「ジークとは家族ですよ。とても大切な、家族です」

「……ふふっ、そうですか」

なぜかニヤッとした笑い方をして、ジークの方を見たエリアス様。

「失礼、ジークが女性と仲が良いのは珍《めずら》しいと思いまして」

「そうですか？」

「ええ、彼が王都にいた頃《ころ》も全然女性に興味ない、という感じだったので」

そうなんだ、知らなかった。

もう少しジークの過去の話も聞いてみたいと思ったのだが……。

「何を話してるんだ？」

後ろからジークの声が聞こえて、振《ふ》り向くとレベッカ嬢と一緒《いっしょ》にこちらに来ていた。

「別に、ただの世間話だよ」

私が何か言う前に、エリアス様がジークの質問に答えた。

「お前には聞いてねえよ、エリアス」

「そうかい？　だけど今日はまだ君から挨拶をされてないんだけど」

「なんで俺がお前に挨拶しなきゃならねえんだ」

「つれないね、数年ぶりに出会えた友達じゃないか」

「友達とは認めてねえけどな、俺は」

「まったく、ジークはツンデレなんだから」

「ツンデレじゃねえ！」

ジークとエリアス様がとても仲良さそうに喋《しゃべ》り始める。

い、いいなぁ……！

こういう感じで、友達と一緒に話してみたい！

ジークは友達じゃないって言っているけど、気を許している友達って感じが見ていてわかる。

私の前で友達とイチャイチャして……ずるい。

「羨《うらや》ましいですね、ルアーナ嬢《じょう》」

「えっ？」

私がジークとエリアス様を見ていたら、レベッカ嬢から話しかけられる。

羨ましいって、もしかしたらレベッカ嬢も私と同じ気持ちなの？

「ど、どういうことでしょう、レベッカ嬢」

「私達を置いて、男性同士で仲良くしているのが、ですよ」

レベッカ嬢は私に微笑《ほほえ》みかけながらそう言った。

や、やっぱりレベッカ嬢も、友達同士で話すのが羨ましいんだ！

もしかしたら彼女も、友達がいないのかもしれない。

これは、チャンスでは？

よ、よし、勇気を出して……。

「レ、レベッカ嬢、その、いきなりの提案で申し訳ないのですが……」

「はい？　なんでしょう？」

「私達、と、友達になりませんか？」

「……はい？」

♦
♦
♦

女性が皇室から特別褒章をいただくことは、非常に珍しい。

男性の方が活躍《かつやく》しやすい貴族社会、女性は活躍をしても男性の陰《かげ》に隠《かく》れてしまう。

そんな中、皇宮でのパーティーで男性と共に特別褒章を授与された女性が現れた。

突如《とつじょ》、社交パーティーに現れた見目麗《みめうるわ》しい女性、ルアーナ・チル・ディンケル。

ディンケル辺境伯家の嫡男、ジークハルトよりも注目を浴びていた。

社交パーティーで声をかけた時、いろんな令嬢に質問攻《しつもんぜ》めをされていて困っている様子だった。

しかもルアーナのことではなく、連れのジークハルトの質問を熱心にされて。

レベッカはそれを利用して、ルアーナ自身のことを軽く質問をして去った。

そちらの方が記憶《きおく》に残るのでは、と考えて。

しかしあんな人数の令嬢に声をかけられていて、レベッカのことを覚えているのは難しいだろう。

だけどダメ元でお茶会に誘《さそ》ってみたら、すぐに承諾《しょうだく》して来てくれた。

いきなり現れた辺境伯《へんきょうはく》家の令嬢で、皇室から特別褒章を頂いた女性。

そんな令嬢とお近づきになれたら、今後の社交界などで立ち回りが有利になるかもしれない。

そう思っていたから、ルアーナがお茶会に来てくれただけでも、レベッカは幸運だと思っていたのに――。

「私達、と、友達になりませんか？」

「……はい？」

ルアーナからのいきなりの提案に、レベッカは目を丸くした。

なぜいきなり「友達になろう」という話になったのか。

今はレベッカの婚約《こんやく》者のエリアスと、ルアーナと一緒に特別褒章をいただいていたジークハルトが話しているのを見て、仲良さそうで羨ましいという話をしていた。

「だ、だからその、レベッカ嬢はあの二人が友達で羨ましいと言っていたので……私も、羨ましいと思っていまして……」

「……なるほど？」

「私も友達が欲しいと思っていたので、レベッカ嬢がよければ、友達になりたいと……」

ルアーナが自信なさそうに、恐《おそ》る恐るそう言った。

彼女は海を思わせるような綺麗《きれい》な青くて長い髪《かみ》で、可愛《かわい》らしい雰囲気がある。

先日の社交パーティーでアルタミラ伯爵《はくしゃく》家の当主に啖呵《たんか》を切って、可愛らしいだけじゃない強い存在感が見て取れた。

しかし今は、年齢《ねんれい》相応の不安げな表情をしてレベッカを見ていた。

友達になりたいという、子どものような願いを込めて。

(もしかしてルアーナ嬢は……友達がいないのかしら?)

とても失礼なことを思いながら、レベッカは気を遣《つか》いながら質問をする。

「ルアーナ嬢はこういう社交パーティーやお茶会は、あまり経験がないのでしょうか?」

「はい……先日の皇宮での社交パーティーが、人生で初めてでした」

「ジークハルト様は慣れていらっしゃるようですが、ご一緒に王都に来ることはなかったのですか?」

「ジークは子どもの頃に経験したようですが、私はその頃は辺境伯家の人間じゃなかったですから」

「辺境伯家の人間じゃ、なかった?」

「はい」

(……あら、今なかなか重要なことを喋ってないかしら、この子)

ディンケル辺境伯家の子ではなかった？　つまりルアーナは養子ということだろう。

（そういえばアルタミラ伯爵家が、この子を自分の家の者と言っていたわね。もしかしたらそれが、この子の出自かしら？）

それならあの時のアルタミラ伯爵家の行動に説明がつく。

だけどこれは、あまり話してはいけないような内容だろう。

この世界で出自を移すことなんて、養子でもない限りそうそうない。

何かアルタミラ伯爵家に、もしくはディンケル辺境伯家に問題があったのだろう。

前のパーティーを見る限り、おそらく前者だろうが。

（この子、あぶなっかしいわね）

伯爵家から辺境伯家に出自を移した、訳ありな過去を持っているようだ。

社交界は全く経験がなく、自分の弱点になりえる情報を簡単に出してしまう。

だが……皇室から特別褒章《ほうしょう》をいただくほどの実力者。

（とても、興味を惹《ひ》かれる子ね）

もともとレベッカは、ルアーナと仲良くなりたいと思っていた。

だがそれは友達なんかではなく、お互《たが》いに利があるような関係になるという、ただの人脈作りだ。

（まあここは合わせて、友達になると言っておいた方がいいかしら）

た。


伯爵家の令嬢として、当然の考えだ。

そもそも貴族の令嬢同士で、普通《ふつう》の友達関係を築くことは難しい。

小さい頃《ころ》から学院では派閥《はばつ》争い、社交パーティーでも腹の内を探《さぐ》るような会話をしてきた。

ジークハルトとエリアスが普通に友達なのが珍《めずら》しいのだ。

(私も仲の良い令嬢は多くいるけど、心の底から友達と呼べる人は一人しかいない)

レベッカはまだルアーナを心底信じているわけではない。

(演技には見えないけど、まだその可能性もあるわ)

レベッカは心の内ではそんなことを思いながら、ルアーナに笑いかける。

「ルアーナ嬢、私もあなたと友達になりたいと思っていました」

「本当ですか!?」

レベッカの言葉に瞳を輝《かがや》かせて、とても嬉《うれ》しそうな顔をするルアーナ。

(うっ、なんだか騙《だま》しているようで心が……いえ、もしかしたらこれも演技なのかもしれないのだから、気をつけないと)

笑《え》みを崩《くず》さずに話を続ける。

「はい、本日もルアーナ嬢のお話を聞かせてもらいたいと思いまして、お茶会に招待したのです」

「私の話、ですか？」

「特別褒章を授与なさったルアーナ嬢《じょう》の話を、ぜひお聞きしたいです。無知で申し訳ありません が、この間の社交パーティーまでルアーナ嬢のことは全く知らなかったものですから」

「あっ、それは私が今まで社交パーティーに出ていなかっただけですから」

「だから、ぜひルアーナ嬢のお話を聞かせてください。よろしいですか？」

「もちろんいいですが、どこから話せばいいのか……」

「ゆっくりでいいですよ。座る場所もあるので、一度座りましょう」

二人は庭にあるベンチに隣同士《となりどうし》で座った。

「私の話……どこから話しましょうか」

「どこからでもいいですよ。友達なので、全部しっかり聞きますよ」

ルアーナがどんな人間なのか、過去の話を聞けばわかるかもしれない。

訳ありのようなので、そう簡単に全部話してくれるとは思っていなかったが……。

「友達……！　そうですよね、友達なら全部話しますよね！」

彼女が満面の笑みを浮《う》かべてそう言ったのを聞いて、レベッカは少しだけ苦笑い気味になった。

（この子、本当に大丈夫《だいじょうぶ》かしら……）

情報を話してくれるなら大歓迎《だいかんげい》なのだが、ここまでだとさすがに気が引ける。

（そうね……話を聞いてからアドバイスとして、信頼《しんらい》できない人には話さないようにと伝えておきましょう。もう話してくれると言っているので、私はそれは聞きますが）

そんなことを思いながら、ルアーナに話を促《うなが》す。

「ではルアーナ嬢は、どんな幼少期を過ごしていたのでしょうか？」

「私、もとは平民で――」

最初からなかなか重要なことを言われたが、まずは全部聞いていく。

平民出身だと思っていたら父親は伯爵家で、母親が亡《な》くなってから伯爵家の屋敷《やしき》に住むが婚外子《こんがいし》ということで、五年間も虐《しいた》げられて育った。

最後には魔物《まもの》と戦っている辺境の地に戦いの術《すべ》を教えてもらえずに生贄《いけにえ》として送られ、自身の隠《かく》していた才能を開花させて、ディンケル辺境伯家の家族になって今に至る……と。

「――という感じで、今はディンケル辺境伯家でお世話になっていまして……レベッカ嬢？」

「ぐすっ、ひぐっ……！」

レベッカは、号泣していた。

ルアーナの半生を聞いて、それはそれはとても泣いていた。

「レベッカ嬢!? な、なぜ泣いて……！」

「うぅ……ルアーナじょう、申し訳ありません……」

「な、なにがです？」

ルアーナは本当に意味がわからなかったが、レベッカは心の底から自分の行動を悔《く》やんでいた。

（こんな生い立ちでいながらも、腐《くさ》らずに真っすぐ育った素敵《すてき》な良い子を、私は騙そうとして……いえ、騙していたなんて。本当に、うぅ……！）

もともとレベッカは涙《なみだ》もろいところがあった。

そういう弱いところは社交パーティーなどでは隠しているのだが、ルアーナの話を聞いて隠すことはできなかった。

（特別褒章を授与《じゅよ》されるほど強い力を持っているのに、どこか貴族社会に疎《うと》い理由がわかったわ）

このままでは彼女は悪い奴《やつ》に騙されてしまうかもしれない。

それこそ「友達になろう」と言えば、身の上を全部話してしまうほどだから。

辺境伯家でジークハルトが近くにいるといっても、貴族社会を一人で渡《わた》り歩いていけるくらいの知識は身に付けないといけない。

（私が、この子を守るわ！　こんな可愛いルアーナ嬢を、絶対に悲しませないために……！）

そう決心して、レベッカは涙を拭《ふ》いて彼女を真っすぐ見つめる。

「ルアーナ嬢！」

「は、はい？」

「私、あなたを守ります！　絶対に！」

「えっ？　その、ありがとうございます……？」

「私を許してくださるのなら、友達になりましょう！」

「許すって何を……？」

「これから話しますが、まずルアーナ嬢。そんな大事な身の上を初対面の人に話しちゃ絶対にダメです！」

「えっ⁉　だけど聞いたのはレベッカ嬢じゃ……」

「聞かれても話しちゃダメです！」

「そんな理不尽《りふじん》な⁉」


ルアーナとレベッカがベンチに座って仲を深めている間、男二人は立って喋《しゃべ》っていた。

「なんでお前とまた二人で喋らないといけないんだよ」

「まあまあ、久しぶりの再会なんだから、いいじゃないか」

ジークハルトとエリアス、子どもの頃に仲良くなった二人だ。

約五年ぶりの再会だ。

容姿は二人とも多少変わったはずだが、一目でお互いにわかった。

「前に会った時に軽く話しただろう」

「軽くじゃないか。五年も会っていなかったんだ、積もる話もあるだろう？」

「俺は別にない」

「ふふっ、そうかい？　僕はいろいろ聞きたいことがあるけどね。例えば……ルアーナ嬢のこととか」

　エリアスが揶揄《からか》うように言った言葉に、ジークハルトは舌打ちをする。

「チッ、別にルアーナとはなんでもねえよ」

「ふふっ、まだ僕は何も聞いてないよ？」

「……やっぱりお前と話すのは疲《つか》れるから、離《はな》れていいか？」

　ジークが少しずつ距離《きょり》を取ろうとしたのだが、エリアスの憎《にく》たらしくも綺麗《きれい》な笑みに変わりはない。

「別にいいけど、僕と話したほうが疲れないと思うよ？」

「はっ？　どういうことだ？」

「ここ、お茶会だって忘れてる？　男女の出会いの場。今日はあまり男性がいないから、狙《ねら》われるよ」

　先日のような皇宮での大きな社交パーティーとは違《ちが》って、個人の貴族が招くお茶会などは令息と令嬢の出会いの場に近い。

だが主催者《しゅさいしゃ》のレベッカの本当の目的は、ルアーナと仲良くなることだったから、令息をほとんど呼んでいない。

だから今、このお茶会に来ている令嬢が狙える男性は限られていて……その中でもジークハルトは、一番狙われているだろう。

「僕はすでに婚約者《こんやく》がいるから話しかけられないけど、君は違うだろう？　僕と話してた方が、令嬢に話しかけられることはないよ」

「……はぁ」

ジークハルトはため息をついて、エリアスから離れようとしていた足を止めた。

「知らない令嬢と話すことよりも、僕と話すことを選んでくれて嬉《うれ》しいよ」

「消去法だ、お前と話したいわけじゃない」

「まあそれでもいいよ。さて、ルアーナ嬢のことは聞いてもいい？」

「……ルアーナ自身の過去とかは話さねえぞ」

「もちろん、それは聞かないよ。どう見ても何かあるってわかるからね」

ジークハルトに姉や妹がいるという話は、聞いたことがなかった。

ディンケル辺境伯家とアルタミラ伯爵《はくしゃく》家に何があったのかわからないが、エリアスは察しがいいので予想はついている。

そんな面倒《めんどう》なことを聞くよりも、エリアスはもっと楽しいことを聞きたいだけだ。

「単刀直入に聞こう……ルアーナ嬢《じょう》と婚約はしてないのかな？」

「してないのかな、じゃねえよ。うぜえな」

「僕がうざいのは君が一番知っているからね。それで、どうなんだい？」

「……してねえ」

その答えに、エリアスは目を丸くして驚《おどろ》いた。

婚約をしていないことに、ではない。

ジークハルトなら「婚約なんてするわけねえだろ」と答えると思っていたから。

「えっと……どうしよう、次は何を聞こうかな」

「別に何も聞かなくてもいいが？」

「よし、次の質問だ」

「俺の話を聞けよ」

ジークハルトの言葉を無視して、エリアスが質問を続ける。

「君は婚約をしてもいいと思うほど、ルアーナ嬢を想《おも》っているのかい？」

「……お前、ルアーナの前でそれを絶対に言うなよ」

子どもの頃《ころ》から変わらない、照《て》れ隠しの時に視線を逸《そ》らすジークハルトの仕草。

それを見て、エリアスは驚きながらも笑《え》みを浮《う》かべる。

「……まさかあのジークがね」

「なんだよ、俺が人を好きになるのはおかしいか？」

「いいや、全く。君が成長したようで、どこか嬉しいよ」

「お前は俺の親かよ」

「ふふっ、こんな素直《すなお》じゃない息子《むすこ》は嫌《いや》だな」

エリアスの生暖かい視線に耐《た》えられず、ジークハルトは自分の話題から逸らす。

「お前こそ、昔は『馬鹿《ばか》な令嬢なんて全部同じ顔に見える』と言ってたじゃねえか」

「あはは、今でもだいたいの令嬢はそうだよ」

「……お前、まだやっぱり腹黒いのは治ってないんだな」

「治すものじゃなく、隠《かく》すものだと思っているからね」

満面の笑みでそう言い切るエリアスに、ジークハルトは少し引いた。

昔と変わっていないことに少し安心もしたが。

「お前が婚約したレベッカ嬢は、他《ほか》の令嬢とは違うと？」

「もちろん、馬鹿な令嬢達とレベッカを一緒《いっしょ》にしてもらっちゃ困るよ。レベッカはとっても可愛《かわい》いんだから」

「そうか。まあ俺にはよくわからんが」

「ふふっ、今にわかるよ。あっ、でもレベッカに惚《ほ》れちゃダメだよ？　君とはいい友達でありたいからね」

「惚れるわけねえだろ。あといい友達でもねえ」

そんなことを話していると、二人に近づいてくる影《かげ》が二つ。

「ジークハルト様！」

「っ、レベッカ嬢」

大股《おおまた》で近づいてきたレベッカの表情は、怒《おこ》っているようであった。

レベッカの後ろにはルアーナもいた。

「ジークハルト様、あなたはいったい何をしているのですか⁉」

「……何か、俺がレベッカ嬢を怒らせるようなことを？」

「ルアーナ嬢のことです！　なぜあなた、ルアーナ嬢に社交界の常識などを全く教えていないのですか！」

「はい？」

よくわからない怒られ方をして、ジークハルトは首を傾《かし》げた。

「ルアーナ嬢が私に身の上を全部話した理由も、あなたがしっかりルアーナ嬢に教えてあげなかったからです！」

「全部話した？　身の上を？」

「ええ、あなたのせいで！　それに皇宮での特別褒章《ほうしょう》の話をルアーナ嬢に事前に言ってなかったそうですね！　なぜそんな重大なことを言わないのですか⁉　そんな小さな意地悪をするって、馬鹿なのですか⁉」

「ちょ、ちょっと待て……」

「いいえ待ちません！　まだまだ言いたいことはありますから！」

なぜかルアーナのために怒っているレベッカが、ジークハルトを問い詰《つ》めている。

ジークハルトはその勢いに押されて何も言い返せない、言い返すことを許されない。

「お、おい、エリアス！　お前の婚約者を止めてくれ！」

友人と認めていないエリアスにすら助けを求めたが、彼はただ笑っていた。

「あはは、やっぱりレベッカは可愛いなぁ。ルアーナ嬢も、そうは思わないかい？」

「えっ？　え、ええ、そうですね……」

ルアーナは友達になったばかりのレベッカが怒っている姿と、それに珍《めずら》しく狼狽《うろた》えるジークハルトを見て呆然《ぼうぜん》としていた。

「ルアーナ嬢は、レベッカに気に入られたみたいですね」

「あ、はい。私達、友達になりました」

「そうですか、気が合ったようならよかった」

「おい、そこで和《なご》やかに話してないで……！」

「ジークハルト様！　人の話はちゃんと目を見て聞くと習いませんでしたの⁉」

「……」

その後、ジークハルトがレベッカに怒られるという状況《じょうきょう》はしばらく続いた。

◆◆◆

「重ね重ねではありますが……申し訳ありません、ルアーナ嬢！」

さっきまでジークにすごい剣幕《けんまく》で怒っていたレベッカ嬢に、私はまた謝られていた。

「い、いいんです、レベッカ嬢。大事な情報を簡単に話してしまった私が悪いんですから」

「それは私がルアーナ嬢を騙《だま》したからで……！」

「だけど教えてくださったじゃないですか、そういうのを話しちゃいけないって」

「そうですけど……！」

私の身の上話をした後、いろいろと教えてくれたレベッカ嬢。

最初は私と友達になるつもりはなく、多少仲良くなって情報などを教えてもらおうとしていたらしい。

それにまんまと騙されて話したのだが、それを聞いて改心してくれた……みたい。

気づけば私に「そんな大事な話をしちゃいけません！　私みたいな悪い女に騙されますよ！」と怒られて……なんで怒られたんだろう、私。

貴族社会では力よりも情報がとても大事なので、簡単に話しちゃいけないと教わった。

『ジークハルト様に貴族社会での立ち回りを教わらなかったんですか？』

『ジークにですか？　まだ教えられていませんね。先日の皇宮での社交パーティーでも、特別褒章をいただくことすら教えられなかったので』

『なんですって……？』

『ひどいですよね？　まあジークが意地悪なのはいつものことなんですけど……』

と話していたら、レベッカ嬢が怒って、今さっきまでジークに説教をしていたのだ。

ビックリしたけど、私のために怒ってくれていることがわかって少し嬉《うれ》しかった。

レベッカ嬢に怒られるジークの情けない姿も見られたしね、ふふっ。

「私を許してくださるのですか、ルアーナ嬢……」

「もともと怒ってませんよ、レベッカ嬢。私はレベッカ嬢と、友達になりたいのですから」

「うぅ……ルアーナ嬢……！」

私のことを見上げて、また泣き始めてしまうレベッカ嬢。

とても綺麗《きれい》な顔をしているのに、ますます目が腫《は》れてしまう。

目が腫れていても綺麗だけど。

「ありがとうございます、ルアーナ嬢……本当に、この令嬢は世間知らずで扱《あつか》いやすいと思ったこと、本当に申し訳ありません……！」

「はい、大丈夫《だいじょうぶ》で……えっ、そこまで思ってたんですか⁉」

「だけどもう大丈夫です！　ルアーナ嬢《じょう》がどれだけ無知でも、私が必ず守って差し上げます！」

「え、ええ、ありがとうございます……？」

なんだか複雑だけど……まあいいわ。

「レベッカ嬢、私達は友達になったのですよね？」

「はい、ルアーナ嬢が許してくださるなら、私もあなたのような素敵な女性と永遠の友達になりたいです」

「あ、ありがとうございます！　それならその、友達になってすぐで申し訳ないですが、一つお願いが……」

「私は騙してしまったので、なんでもお聞きしますよ」

「その……名前を、敬称《けいしょう》なしで呼び合いませんか？　ルアーナと、レベッカで……ダメでしょうか？」

少し子どもっぽいお願いなので、私は少し恥《は》ずかしくて小さな声で頼《たの》んでしまった。

視線も下に向けていたのを、勇気を出してレベッカ嬢の顔を見ると……また涙《なみだ》を流していた。

「うぅ、ルアーナ嬢が、良い子すぎて、可愛《かわい》すぎて……辛《つら》い……！」

「えっと……レベッカ嬢、大丈夫でしょうか？」

「大丈夫です……！　ルアーナ、でいいですか？」

「は、はい！　ありがとうございます、レ、レベッカ……！」

初めての同性の友達で、敬称なしで名前を呼ぶのに少し照れてしまった。

「くっ、可愛い……私が結婚《けっこん》して一緒《いっしょ》に暮らしたいくらい……！」

「えっ!?」

「おっと、それはいけないな。レベッカは僕の婚約者だから」

いきなりの求婚でビックリしたが、後ろで静観していたエリアス様が話に入ってきた。

「あら、エリアス様。いたのですね」

「ずっといたよ、レベッカ。無視なんて寂《さび》しいね」

「すみません、ルアーナの可愛さに目と心をやられてまして」

エリアス様とレベッカ嬢……レベッカが並ぶと、美男美女だからとても様になっている。

二人は婚約者同士だから、とても親しそうに身体《からだ》を寄せ合って話していた。

「おい、ルアーナ」

「あっ、ジーク」

私の隣《となり》に来たジークが、なんだか私のことをジト目で見ている。

さっきレベッカに怒られて、少し疲《つか》れているようだ。

「お疲れ様、ジーク」

「俺が疲れているのはお前のせいだからな」

「なんで？　ジークが私に意地悪をするせいでしょ？」

「お前があけすけに身の上話をレベッカ嬢にするからだろ」

「うっ、それはその……」

「まさかそんな重要な話を、友達になるって騙されて、会って数十分の奴《やつ》に話すとは思わなかった。そんなにアホだったか？」

「ア、アホじゃないから！　だって、友達作りたかったし……」

今思うと、確かに考えなしに全部偽《いつわ》りなく話してしまったかもしれない。

レベッカも私を騙そうとしていたらしいし、レベッカが本当は良い人でよかったけど。

うぅ、これからはレベッカやジークの言う通りに、気をつけないと……。

「まあ、ルアーナが大丈夫ならいいが」

「大丈夫って何が？」

「他人に同情されるくらいの身の上を話して、傷ついてないならよかったって話だ」

「……えっ、もしかして心配してくれたの？」

私が身の上話をして傷ついたかもしれない、と思ってくれていたの？

「別に、そういうところが鈍感《どんかん》なお前なら大丈夫だとは思ったがな」

否定しているようで否定してないわね、これ。

私から視線を逸《そ》らしているけど、いつも通り耳が少し赤いし。

「ふふっ、心配ありがとう。大丈夫よ、もうあの人達のことで傷つくことなんてないから」

「そうか、ならいい」

「うん」

私達がそんな会話をしているところを、近くでエリアス様とレベッカが見ていた。

「あの二人、婚約してないのですよね？」

「してないみたいだよ。だけどジークの気持ちは……」

「まあ、そうなのですね。ルアーナも多分気づいてないだけで……」

「ふふっ、なんだか今後の楽しみが増えたよ」

「私もです」

なんかクロヴィス様やアイルさんが私達を見て、コソコソ話している雰囲気《ふんいき》に似ているけど。

まあレベッカとエリアス様が楽しそうならいいわ。

その後、ジークとエリアス様が飲み物を取りに行ってくれた。

エリアス様はやはり女性の扱いに慣れている感じで、さっきまでいっぱい喋《しゃべ》っていた私とレベッカのために気を遣《つか》ってくれたのだろう。

「とてもいい人ですね、エリアス様は」

「いい人だと、そう思いますか?」

「はい、そう思いましたが……」

なんだか含《ふく》みのある言い方だけど、どうしてだろう?

少しだけレベッカは悩《なや》んでから、声を落として話す。

「友達であるルアーナだから言いますが、エリアス様はなかなか腹黒い人ですよ」

「えっ、そうなのですか?」

「ええ、私以外のほとんどの令嬢が、芋《いも》に見えると言ってましたから」

「芋? え、美味《おい》しそうってことですか?」

ほとんどの令嬢が美味しそうって、よくわからないけど。

私の言葉を聞いて、また少し口を押さえて泣きそうになるレベッカ。

「うぅ……!」

「ど、どうしたんですか?」

「芋と聞いて美味しそうと思うのが天然で可愛らしいけど、子どもの頃《ころ》に食事をまともに取れなかったからどんなものでも美味しく食べられるという不憫《ふびん》な話を聞いたから

「……！」

「お、美味しいですよ、芋は！」

戦場で食べる野戦食以外、食べ物は美味しいから！

いや別に野戦食も味がしないだけで、不味《まず》くはないけど。

「なんだか今日はルアーナの話を聞いて涙腺《るいせん》が爆発《ばくはつ》してしまったようで……」

「は、はぁ……」

「失礼しました。それで、エリアス様が他《ほか》の令嬢が芋に見えるというのは、全員同じような顔に見えるということです」

「なるほど……つまり、自分の興味あるもの以外はどうでもいい、と心の中で思っているということですか？」

「はい、それに心の中で失礼なことを考えていると思いますよ。今も、ほら」

レベッカが見ている方向を見ると、エリアス様が令嬢達に囲まれて話している姿があった。

エリアス様も令嬢達も楽しそうに話しているように見えるが……。

「私にはわかりますが、今エリアス様が心の中で思っていることは『群れてしか行動できない虫は、早く散ればいいのに』です」

「そんなひどいことを⁉」

え、すっごい笑顔《えがお》で話しているのに、本当にそんなことを？

「あとで答え合わせしましょう、大体はあっていると思いますから」

「は、はぁ……」

答え合わせが少し怖《こわ》いけど。

レベッカとそんなことを話していると……。

「お、お話し中、失礼します」

後ろから震《ふる》えた声が聞こえて、私は少し驚《おどろ》いた。

この声は聞き覚えがあって、だけどこんなに丁寧《ていねい》に私に話しかけてくるような相手じゃない。

でも何度も聞いた声には違《ちが》いなく、振《ふ》り返ると……そこには、エルサお義姉様《ねえ》がいた。

「……エルサお義姉様、何の用でしょうか？」

「ル、ルアーナ、少し話を……」

エルサお義姉様が私に話しかけている途中《とちゅう》、レベッカが私の前に立った。

レベッカの顔を見ると、エルサお義姉様を敵として認識《にんしき》しているように睨《にら》んでいた。

「エルサ嬢《じょう》、何か御用《ごよう》でしょうか？」

「……レベッカ嬢、私はルアーナに話がありまして」

「何の話でしょうか？」

「ふ、二人で話したい内容なので」

「あら、私とルアーナとの話を遮《さえぎ》って入っていらしたのに、私をおいて二人でお話ししたいと？　失礼ではありませんか？」

「っ……」

いきなり二人は睨み合いながら会話をしていた。

多分レベッカは、私を守ってくれているのだろう。

私がアルタミラ伯爵《はくしゃく》家にいる時にエルサお義姉様にされてきた仕打ちを、レベッカに話しているから。

その気持ちはとても嬉《うれ》しいけど。

「レベッカ、私は大丈夫《だいじょうぶ》ですよ」

「っ、ルアーナ、ですが……」

「エルサお義姉様なら、大丈夫です」

なぜかはわからないが、今のエルサお義姉様は私に対して横暴な態度を取るつもりはないようだ。

私に声をかける時も、様子を窺《うかが》った感じで話しかけてきた。

いつもなら「ルアーナ、来なさい」みたいな態度を取るのに。

レベッカが前に出てくれたけど、私はその隣《となり》に並んでエルサお義姉様と話す。

「何か用でしょうか、エルサお義姉様」

「さっきも言ったけど、二人で話がしたいの」

「いえ、ここで話してください。私もレベッカと話している途中なので」

「っ、ルアーナ、いい加減に……！」

「いい加減に？　エルサお義姉様……いえ、エルサ嬢。私はディンケル辺境伯令嬢です。言葉には気を付けてください」

「っ！」

　私が少し睨みながら言うと、エルサお義姉様はビクッと震えた。

　エルサお義姉様がこのお茶会に来ていることは知っていた。

　レベッカと会話をしている時に、彼女からも言われた。

『ルアーナがアルタミラ伯爵家と何か関《かか》わりがあると思っていたので、エルサ嬢をこのお茶会に呼んでしまいました。二人が絡《から》んで何か面白《おもしろ》い情報が出ないかと思いまして……すみません』

　別に謝られるようなことじゃないと思ったけど、レベッカもエリアス様同様に、ちゃんと腹黒いのは確かね。

「それに、ジークがそろそろ戻《もど》ってくると思いますので、それから話を聞きますよ」

「くっ……」

やはり、ジークを怖がっているわね。

だから彼がいないところを狙《ねら》って、私に話しかけに来たのだろう。

「わ、わかったわ。レベッカ嬢、聞いてもよろしいですが、これは内密にしてほしいです」

「お話によりますが、善処しますわ」

エルサお義姉様はレベッカを軽く睨んでから、私と視線を合わせる。

「ルアーナ。まず、私はもう、あなたに絡むつもりはないの」

「今、絡んできていますが？」

「これが最後よ。私はもうあなたから、ディンケル辺境伯家から手を引く。これを大前提として、聞いてほしいの」

「何をでしょう？」

「お父様とグニラお兄様が、何か企《たくら》んでいることを」

エルサお義姉様は周りを気にしながら、声を落として言った。

「お父様はあなたをアルタミラ伯爵家に再び入れようとしている。あなたの功績を伯爵家のものにしようと。まだ諦《あきら》めている様子はないわ」

「なるほど」

「グニラお兄様は、あなたとジークハルト様に仕返しをしようと考えているわ。多分……

殺そうとしていると思う」

「……そうですか」

正直、想像通りだ。

特にグニラお義兄《にい》様はあんな屈辱《くつじょく》的なやられ方をして、何もしないで終わるような人ではない。

だけどそれはエルサお義姉様もそうだと思っていた。

「エルサお義姉様は、何もしないのですか？」

「しないって言っているでしょ。私はもう……ジークハルト様に、関わりたくないの」

「ああ、なるほど」

そういえば前にエルサお義姉様は、ジークに脅《おど》されていた。

その時のことがトラウマになって、もうジークと関わりたくないのだろう。

とても正しい判断だと思うけど。

「でも、なぜその情報を私に？」

「私は敵対していない、ってことを伝えるためよ。これからアルタミラ伯爵家とディンケル辺境伯家が敵対することになると思うけど、私への被害《ひがい》を最低限にするために伝えたの」

「……話は以上ですか？」

「え、ええ。その、出来ればアルタミラ伯爵家はどうなってもいいから、私だけは……」

エルサお義姉様はそう言うが、別に私ができることは何もない。

「私から辺境伯家《へんきょうはく》に『エルサお義姉様を見逃《みのが》してあげてください』と言うことを望んでいるのですか？」

「そ、そうよ」

「それは無理な話ですね。辺境伯家の当主、クロヴィス様が決めたことを覆《くつがえ》す力なんて私は持っていませんから」

「そ、そこをなんとか……！」

「それに」

私はエルサお義姉様をキッと睨み、語気を強めて言う。

「あなた達にされた仕打ちを忘れてはいません。こちらから潰《つぶ》しにいかないだけ、ありがたいと思ってください」

「っ……」

クロヴィス様に「アルタミラ伯爵家に仕返しをしないのか？」と聞かれたことがある。

私が望めば、クロヴィス様は全力で潰しにいってくれると。

娘《むすめ》として大事にされていると感じて、それはとても嬉しかった。

だけど私はそれを断った。いまさら仕返しをしたところで意味がないと思ったから。

私はディンケル辺境伯家で生活できることが、幸せだったから。

アルタミラ伯爵家はもう私の人生に関わらないでくれたら、それでよかった。

だけど……お父様が無理やり私を家に戻そうとしたり、お義兄様が攻撃《こうげき》を仕掛《しか》けてくるのであれば、容赦《ようしゃ》はしない。

「そちらから仕掛けてくるのであれば、全力で対応させていただきます。エルサお義姉《ねえ》様ができることは、お父様やお義兄様を説得することだけです」

「うっ……」

「話は以上ですよね。ではお引き取りを。そろそろジークも戻ってきますよ」

私がエルサお義姉様から視線を外すと、彼女は少し何か言いたげにしてから……何も言わずに去っていった。

はぁ、まさか自分だけは見逃してほしい、という話をするために、ずっと私の様子を窺っていたとは。

その浅ましい行動に少しイラついてしまったが、隣にレベッカがいることを忘れていた。

「レベッカ、すみません、お見苦しいところを見せてしまい」

そう謝りながらレベッカを見ると、頰《ほお》を赤らめてボーッとしていた。

私と視線が合って、ハッとして小さく笑った。

「ふふっ、大丈夫ですよ。ルアーナは天然で可愛《かわい》らしくて守らないといけない女の子だと思っていたのですが……カッコよくもありますね」

「そ、そうですか？」

「はい、さすが特別褒章《ほうしょう》を授与《じゅよ》されただけありますね」

いきなり褒《ほ》められて少し照れるけど、レベッカに引かれてないならよかった。

その後、ジークとエリアス様が戻ってきてまた四人で話していた。

「あっ、エリアス様、さきほど他《ほか》の令嬢《れいじょう》達と話している時に、『群れてしか行動できない虫は、早く散ればいいのに』と思っていましたか？」

「よくわかったね、さすが僕の婚約《こんやく》者だよ」

「ふふっ、これくらい当然ですわ。ね、ルアーナ、当たっていたでしょ？」

「……はい、そのようですね」

あまり当たってほしくない答え合わせだったけど……。

◆　◆　◆

お茶会が終わり、オールソン伯爵《はくしやく》家の屋敷《やしき》の庭には誰《だれ》もいなくなった。

来てくれた人達の見送りも終わって、レベッカは屋敷の一室で一息ついていた。

そこには彼女の婚約者のエリアスもいた。

テーブルを挟《はさ》んでソファに座り、二人は会話をする。

「エリアス様、今日はありがとうございました」

「こちらこそ、とても有意義な時間を過ごせたよ。君と一緒《いっしょ》にいる時間のすべてに、価値はあるけどね」

「まあ、お上手なんだから」

そんな会話をしながら、二人の時間をゆっくりと楽しんでいた。

話題は、やはりお茶会で一番会話をしたジークハルトとルアーナの話となる。

「ジークハルト様とはお話しできましたか？」

「この間よりも喋《しゃべ》れたよ。まさか今日、彼が来るとは思わなかったけど」

「そうですね、私もジークハルト様はこういうお茶会に来る人ではないと思っていました」

「うん、その認識《にんしき》で正しいよ。彼女——ルアーナ嬢がいなかったら絶対に来てない」

「そうだと思いました」

お茶会の誘《さそ》いはジークハルトにも出していたが、来るとは思っていなかった。

ジークハルトが来たということで、エリアスは一緒にいたルアーナが彼の特別だということがすぐにわかったらしい。

「ただ特別といっても、まさかあそこまでジークがルアーナ嬢を想《おも》っているとは予想できなかったけど」

「私はそうだと思っていましたよ。エリアス様からの話を聞いて、ジークハルト様がルアーナを想っていると」

「そう？　やっぱりそういう恋愛事《れんあいごと》に関して、レベッカに勝てるとは思えないよ」

「ふふっ、女の勘《かん》というものです」

子どもの頃《ころ》のジークハルトを知っているからこそ、エリアスは彼が女性を好いていると考えつかなかった。

昔、ジークハルトが王都にいた頃は、辺境伯家の嫡男《ちゃくなん》という地位だけを見て寄ってきた令嬢が多かったので、彼は女性が苦手になっていた。

エリアスもその気持ちはわかるので、だからこそ二人は仲良くなれた。

約五年間会っていなかったが、まさかジークハルトもエリアスも、互《たが》いに好いた女性が見つかるとは思っていなかった。

「そういえばレベッカも、ルアーナ嬢を気に入っていたね。珍《めずら》しい」

レベッカは社交パーティーでもなかなか顔が広く、いろんな令嬢や令息と仲が良い。

だがそれはもちろん友達ではなく、レベッカが付き合って有益だと思った相手と仲良くしているだけだ。

ルアーナと仲良くするのは有益なのだが、レベッカはそれ以上にルアーナに惚《ほ》れ込んでいた。

エリアスは婚約者のレベッカのことがわかっているから、ルアーナへの態度を見ればすぐにわかった。

「君が初対面の女性とあれだけ仲良くしているのは、初めて見たよ」

「そうですね、私も初めての経験です。それだけルアーナの人間性がとても素晴《すば》らしく、とても純粋《じゅんすい》で可愛くて……簡単に言えば、私がルアーナに惚れてしまったのです」

社交パーティーで見せるような作り笑いじゃなく、ただ愛らしい笑《え》みを見せるレベッカ。

「そうだろうね。君が僕の本性《ほんしょう》をルアーナ嬢に話したと聞いて、少し驚《おどろ》いたから」

エリアスが腹黒く、令嬢のことを芋《いも》のように見ていることを知っている人は少ない。

誰にも気づかれないほど演技をしているからバレないのだが、本当に信頼《しんらい》している人にはバラしている。

レベッカにはもちろん言っており、彼女が婚約者のエリアスの秘密をルアーナに話すのも問題はない。

ただエリアスはそれほどレベッカがルアーナを一目で信頼に値《あたい》する人物、と判断したのに驚いた。

「少し嫉妬《しっと》しちゃうなぁ」

「あら、そうですか？」

「僕が君の信頼を勝ち取るのは、なかなか難関だったから」

公爵《こうしやく》家のエリアスと伯爵家のレベッカ、位が高いのはエリアスだ。

しかし婚約を申し込んだのはエリアスの方で、レベッカは何度かそれを断っている。

「だってエリアス様、腹黒いですから」

「それを見抜《みぬ》かれたからこそ、僕は君に惚れたんだけどね」

「婚約を申し込まれた時はどんな罠《わな》を仕掛けに来たのかと警戒《けいかい》しましたね」

「ふふっ、ひどいなぁ」

自分達の馴《な》れ初《そ》めを思い出して、二人は顔を見合わせて笑った。

「ルアーナはエリアス様よりもずっと純粋で、怖《こわ》いほど真っ白ですよ」

「だろうね。だから君が気に入って、守ろうとしている」

「はい。ですが私ができることは少ないかと。彼女の後ろ盾《だて》はディンケル辺境伯家ですから。それにルアーナは貴族社会の立ち回りはわからないようですが、敵への対応は私以上です」

アルタミラ伯爵家のエルサ嬢が来た時、レベッカは守るために前に出た。

しかしその必要は全くなく、むしろその強さに圧倒《あつとう》されてしまった。

「本当に、本日のお茶会は有意義なものでした。ルアーナと有益な関係になれただけじゃなく、あんな素敵《すてき》な子と友達になれましたので」

「僕もジークに春が来たのを知れたのはよかったね。次は僕もルアーナ嬢と仲良くなりたいな」

「あっ、それは難しそうです。ルアーナはエリアス様の腹黒さに引いてましたから」

「他人事《ひとごと》のように言っているけど、レベッカのせいじゃないかな？」

「ふふっ、ごめんなさい」


一方、ルアーナに自分だけは見逃《みのが》してくれと頼《たの》みこんでいたエルサは、アルタミラ伯爵家に戻《もど》っていた。

そして自室で頭を抱《かか》えて、部屋の中を落ち着きなく歩き回っていた。

「どうすればいいの……！」

実際、アルタミラ伯爵家が助かる方法なんてとても簡単で、何もしなければいいのだ。

当主のヘクターがルアーナのことを奪《うば》おうとしなければいいし、兄のグニラがジークハルトに仕返しをしようとしなければ、何も起こらないのだから。

しかし、もうヘクターとグニラは動き出そうとしている。

エルサがそれを止めることは不可能だろう。

今まで家の方針について、エルサが口を出したことなど一度もない。

自分でも頭がいいとは思っていないし、事業などの内容も全然把握《はあく》していないからだ。

だから当主のヘクターに「辺境伯家には手を出さない方がいい」と言っても、絶対に無視されるし、なんなら理不尽《りふじん》に怒《おこ》られてしまうだろう。

グニラも馬鹿《ばか》にされたまま、やられっぱなしを一番嫌《きら》うので、ジークハルトに仕返しをすることは絶対にやめない。

後先考えずに第一皇子に喧嘩《けんか》を売るくらいなのだから。

「私じゃ、あの二人は止められない……かといって止めなかったら、アルタミラ伯爵家は確実に辺境伯家に喧嘩を売って、潰《つぶ》されてしまう……！」

おそらくアルタミラ伯爵家はもうどうしようもない。

だからエルサは自分だけでも助かる方法を見つけないといけない。

「あまり、やりたくない手ではあるけど……今のうちに、手を回しておいた方がいいわね」

そう考えて、エルサは一人で動き始めた。

◆　◆　◆

レベッカと友達になってから、数日後。

私はディンケル辺境伯家のタウンハウスで、ダンスの練習をしていた。

あれからレベッカと文通などでやり取りをしていて、今度ダンスパーティーがあることを聞いたのだ。

皇宮ほど大きくはないが、その次に王都で大きい会場。

それがあと数週間後と迫《せま》っていて、私とジークもそこに招待された。

皇族も来るような大きな社交パーティーで、ダンスをするらしい。

貴族なら子どもの時に絶対に学んでいる社交ダンス。

十八歳にもなれば、普通《ふつう》の貴族の男女だったら絶対に踊《おど》れる。

……私は踊れないけど。

十歳までは平民として生きてきて、それから五年間は伯爵《はくしゃく》家で軟禁《なんきん》されて、十八歳までは戦場で戦っていた。

ダンスを学ぶ機会なんて一回もなかった。

ダンスパーティーには行きたいが、行くとしたらダンスを学ばないといけない。

ディンケル辺境伯家の令嬢《れいじょう》として、ダンスができなかったら話にならないだろう。

だから練習をしているのだが……。

「下手だな」

「……難しいのよ」

近くで見ていたジークにそう言われて、何も言い返せなかった。

ダンスって、こんなに難しいの？

別に私は運動能力がないわけじゃないと思うんだけど。近接戦闘《せんとう》も多少できるし。

「先生、どうしたらいいですか……」

「うーん、すでにダンスの動き方などは全《すべ》て教えているのですが」

女性のダンスの先生に聞いても、困ったような反応しかなかった。

そう、すでに動き方などは学んでいるし、基本や応用の動きもわかっている。

その動き自体はできるのだが……人と一緒《いっしょ》にやると、全然出来なくなる。

二人一組になってするダンス、相手に合わせて動かないといけない。

先生と一緒にダンスを練習していたのだが、合わせられずに自分勝手な動きになったり、合わせようとしすぎて遅《おそ》くなったりして、全く上手《うま》くできない。

「もう一回やりましょう。動きは完璧《かんぺき》なので、あとは慣れだと思います。相手と呼吸を合わせましょう」

「は、はい、頑張《がんば》ります！」

そして音楽を魔道具《まどうぐ》で流して、私は先生と踊る。

今度こそは、と思ってやったのだが……。

「す、すみません、先生……」

「だ、大丈夫《だいじょうぶ》ですよ。そこまで痛くないので」

五分後、私が先生の足を踏《ふ》んでしまって、練習は中断……申し訳ないわ。

やはり全く出来ない……私、ダンスの才能が全くないようだ。

呼吸を合わせるとか、相手に動きを合わせるのが本当にできない。

ダンスパーティーでは最低でも一回は踊らないといけないとのことだ。

このままでは相手に怪我《けが》をさせてしまう可能性もあるので、ダンスパーティーに行けない。

「どうすればいいの……」

「練習するしかねえだろ」

近くで見ていたジークが寄ってきて、正論を言った。

「そりゃわかってるけど、どう練習すればいいのかわからないのよ」

「……まあ、とりあえずやるぞ」

「やるって、先生が今は休憩《きゅうけい》しているから……」

「だから、俺がやってやるって」

「えっ、いいの？　というかジークって、ダンスできるの？」

「当たり前だろ」

ジークがダンスしているところなんて見たことがないけど、子どもの頃《ころ》にすでに習得していたのか。

「だけど私、下手だからまた足を踏んじゃうかも」

けど。

「お前に踏まれたくらいで痛むほど弱くないから大丈夫だ」

魔物《まもの》と戦うために鍛《きた》えていると思うが、足の甲《こう》をヒールで踏まれたらかなり痛いと思う
それでもやってくれるというなら、ありがたい。

「そうですね、当日は男性と踊ると思いますので、女性の私よりもジークハルト様の方が練習相手として相応《ふさわ》しいと思います」

先生もそう言ってくれたので、私とジークは部屋の真ん中で向かい合う。

ジークが手を差し出して、私は手を重ねる。

なんだか、とてもしっくりくる。

少し見上げると、ジークの端整《たんせい》な顔があって視線が合う。

「踏んだらごめんね」

「踏まれる前に避《よ》けられるから大丈夫だ」

「避けたら追ってあげる」

「踏む前提なのはおかしいだろ」

そう笑い合った直後、音楽が流れる。

ジークと身体《からだ》を寄せ合い、音楽に合わせて踊る。

これほどジークと身体を寄せ合ったことはほとんどなかったが、緊張《きんちょう》よりも先に安心感

を覚える。

なぜなのかはわからないけど、まだ慣れてないダンスも上手く出来ている。

ジークが合わせてくれている？　いや、だけど私も彼の動きに合わせて動いていた。

意地悪のつもりか、ジークが基本の動きだけじゃなく応用の動きばかりするので、逆に私の方が合わせている場面が多い。

それでも、ちゃんと踊れている。

音楽が終わるまで、私とジークは全く止まることなく踊り続けられた。

「素晴《すば》らしいです！　とても綺麗《きれい》でした！」

先生が拍手《はくしゅ》をしながら称賛《しょうさん》するほど、上手くできたようだ。

なぜいきなりここまでうまくいったのかわからないけど、本当によかった！

「応用もとても綺麗に決まっていました。今のを忘れないうちにもう一度、次は私と踊りましょうか」

「はい！」

これで先生とも踊れればダンスパーティーは誰《だれ》とでも踊れる……と思っていたのだが。

「すみません、すみません……」

「だ、大丈夫です……」

また先生の足を踏んでしまった……。

さっきはジークの足を踏む気配すらなかったのに。

「踏むならジークの足を踏みたかった……」

「おい、どういう意味だ」

「先生よりもジークの足を踏んだ方が、私の心は痛まなかったと思って」

だけど本当になんで先生と踊《おど》ると合わないというか、下手になるのだろうか。

「多分これは、相性《あいしょう》の問題でしょう……」

「相性ですか？」

先生が足を庇《かば》いながら立ち上がり、教えてくれる。

うぅ、本当に申し訳ない……。

「はい、ルアーナ様とジークハルト様は家族で長い時間を共にしているので、お互《たが》いにどう動くのかが手に取るようにわかるのでしょう」

「確かに、そうかもしれません」

先生と踊るよりもジークがどう動くのかの方が予想がついた。

それはジークと一緒にいる時間が長いから、ということね。

「つまり私は、ジークくらい長く一緒にいる人とだったらダンスができる、ということですね！」

「そうなりますすね」

「……ダメじゃないですか？」

「ダメですね」

ダンスパーティーでは初めて会う人に誘《さそ》われたら、その人とダンスをするのだ。

多分私の今の実力じゃ、レベッカとも踊れない。

「どうしよう……」

「いいだろ、これで」

私が悩《なや》んでいると、ジークが近づいてそう言ってきた。

「いいって何よ。これじゃあダンスパーティーに行けないんだけど」

「ダンスパーティーは一回踊ればもう踊らなくていいんだぞ。だから――」

ジークが私の手を取り、視線を合わせて。

「――ルアーナは、俺とだけ踊ればいい」

「えっ……」

その言葉に、思わずドキッとしてしまった。

時間が止まったかのようにジークと見つめ合ったが、ジークも自分が言った言葉を思い返して、少し恥《は》ずかしそうに顔を逸《そ》らした。

「は、初めてダンスの練習をして、俺と踊れるなら十分だろ」

「そ、そうね。うん、ジークとは踊れるんだから、ダンスパーティーには行けるわね」

私達は顔を真っ赤にしながら、何かを誤魔化《ごまか》すようにそう言い合った。

なんか今の雰囲気《ふんいき》は少し……どこか恥ずかしかった。

いつもの私とジークの雰囲気ではない、変な感じだったわ。

「私はもう帰ってもよろしいでしょうか？」

気まずそうな笑《え》みをしながら、先生が問いかけてきた。

「あ、先生、その……」

「ジークハルト様とだけ踊られるのであれば、もう練習は不要だと思います。あとはお二人で仲良くしてください」

「は、はい、先生、教えてくださりありがとうございました」

先生にそうお礼を言うと、先生も一礼をして部屋を出て行こうとする。

「最近フラれた私にあの空気はダメージがデカいわ……私も早く恋人《こいびと》がほしい、あんなイケメンでカッコいい恋人が……」

出ていく時になんかボソボソと独り言を言っていたようだが、よく聞こえなかった。

数日後、私はレベッカと一緒《いっしょ》に馬車で移動していた。

「ルアーナ、今日は一緒に来てくれてありがとうございます」

「いえ、こちらこそ馬車で迎《むか》えに来てもらってありがとうございます、レベッカ」

今日はジークもいないので、本当に二人だけでお出かけだ。

だけど街中で何かを見て遊んだりするのではなく、私を連れて行って、会わせたい人がいるらしい。

「今日会う人は、どんな人なんですか？」

「私の友人です。学生の頃から仲が良くて、私の唯一《ゆいいつ》の友達だった方です」

「唯一の友達、だった？」

レベッカの友達……彼女は社交界で仲が良い人が多いけど、友達と呼べるような人はほとんどいないと言っていた。

そんな彼女が唯一の友達だと言うってことは良い人なんだろうけど、過去形なのが気になる。

「ふふっ、今ではルアーナも私の友達ですから。唯一ではなくなった、ということです」

「っ、そうですね！　私とレベッカは友達ですから！」

とても嬉《うれ》しいことを言ってくれた……！

確かにもう私とレベッカは友達だから、その方が唯一ではなくなったのね。

「はぁ、ルアーナの笑顔がとても眩《まぶ》しいわ……！」

「？　どうかしました？」

「いえ、なんでもないです」

レベッカが窓の方を向いて呟《つぶや》いていたけど、何を言ったのかは聞こえなかった。

「じゃあ今はその方がいる家に向かっているのですね」

「いえ、確かにその人がいる場所には向かっていますが、家ではないですね」

「えっ、どこですか？」

「その人の職場です。具体的には、魔《ま》法《ほう》の塔《とう》です」

「魔法の塔、ですか？」

なんかすごい名前のところだけど……。

「名前の通り、主に魔法を研究している場所です。国が運営しているところなので、とても優秀《ゆうしゅう》な魔法使いじゃないと働くことが出来ないところです」

「なるほど。じゃあその方は、とても優秀な魔法使いなんですね」

「はい、魔法の塔にいる魔法使いの中でも、頭一つ抜《ぬ》けているという評価を受けていますね」

「そんなにですか！　すごいですね……！」

優秀な魔法使いの中でも、さらに優秀と言われているなんて。

「ディーサ・グン・アールベックという方です」

「アールベックというと、侯爵《こうしゃく》家ですか？」

「はい、あんまり貴族の令嬢《れいじょう》らしい方じゃないですけど」

「そ、そんなこと言っていいのですか？」

侯爵家ということは、伯爵《はくしゃく》令嬢のレベッカよりも上の立場だ。

他《ほか》に誰も聞いていないとはいえ、そんな失礼なことを言っていいのかと思ったけど。

「ええ、私とディーサ様は友達ですし、私が直接言っても彼女は気にしませんよ」

「な、なるほど、いいですね」

レベッカは他の令嬢に対して、立場が上でも下でもそんな失礼なことは言わない。

だけどディーサ様だけにはそういうことを言っているということだ。

友達だからこそ、軽口を叩《たた》くように話せるということね……いいなぁ。

「ルアーナ、羨《うらや》ましいと思いました？」

「えっ、なんでわかったんですか？」

「ふふっ、ルアーナは顔に出やすいですからね」

まさかレベッカとディーサ様の関係を羨ましいと思ったのがバレてしまうとは……！

「うぅ、恥ずかしいです……」

「正直なのはルアーナの美徳ですよ。ただ社交界では少し隠《かく》した方がいいですが」

「は、はい、頑張《がんば》ります」

レベッカほど表情から感情を読む人はあまりいないと思うが、社交界では気をつけないといけないわね。

「それでルアーナは、私とディーサ様のたとえ失礼になるようなことでも言い合えるような関係が羨ましいと思ったんですよね？」

「ま、まあ、そうですね」

「それなら、ルアーナも私に失礼なことを言っていいんですよ？」

「えっ⁉　い、いいんですか？」

「ふふっ、もちろん。物は試《ため》しです、今何か私に失礼なことを言ってみては？」

「い、いきなりは難しいですが……」

失礼なことって何だろう……さっきのレベッカが言っていたことみたいな、軽口を叩くみたいな感じよね？

「えっと……レベッカは綺麗《きれい》な顔立ちをしているのに、笑ったりすると可愛《かわい》くてずるいですよね！」

「……それは失礼なんですか？　褒《ほ》め言葉にしか聞こえないんですけど」

「で、ですよね……難しいです」

全然出来なくて、私は少し気恥《きは》ずかしくて頬《ほお》が赤くなるのを感じる。

やっぱりまだ友達になってすぐだし、いきなりは出来ないわね。

「はぁ、可愛すぎて困るこの小動物みたいな子を本当に私がずっと守りたいわ……」

レベッカも両手で顔を覆《おお》ってため息をついて……何かぶつぶつ言っているけど、声が小さすぎて聞こえなかった。

そんな話をしていると、馬車が停《と》まった。

「レベッカ、着いたようですね」

「ふぅ……ええ、そうですね」

レベッカは自分を落ち着かせるように一息ついてから、綺麗な笑みを浮《う》かべた。

馬車から降りると、目の前に大きな塔が建っていた。

本当に大きいわね、ディンケル辺境の砦《とりで》よりも高いかも。

「ここが魔法の塔ですか？」

「はい、そうですね」

レベッカがそう答えながら、魔法の塔の扉《とびら》の方に向かっていくのでついていく。

この中にディーサ様がいらっしゃるのね……どんな方なんだろう？

今日、レベッカが私を迎えに来てくれた時に、ジークも一緒に来るかどうかという話になった。

ジークは最初は来る気だったようだけど、目的地と会う人を聞いて、ついてくるのをやめていた。

『あいつ、ディーサとは会いたくない』

と言っていたから、知り合いなんだろうけど……。

ジークは会うのが嫌《いや》と言っていたけど、どんな方なのか。

「ルアーナ、入っていいという許可が出ました。行きましょう」

「あ、はい。えっと、この大きな扉から入るのですか？」

魔法の塔の入り口はとても分厚いことが伝わってくるような鉄の大きな扉だ。

重そうで、人が出入りする時にいちいち扉を開けていたら、とても大変そうだけど……。

「いえ、この魔法陣《まほうじん》の上に立ってください」

「魔法陣……ここですか？」

扉の前の地面に円形の複雑な魔法陣が描《えが》かれている。

私は言われた通りにレベッカの隣《となり》に立つようにその上に立った。

「これは転移の魔法陣で、魔法で指定した塔の部屋に飛ぶんです」

「そんな魔法陣が⁉　すごいですね……！」

「ええ、それでディーサがいる部屋へと飛ぶ感じですね。慣れてないと酔《よ》うかもしれないので、気を付けてください」

「わかりました」

まさか転移の魔法陣があるなんて知らなかった。

私は魔法をほぼ独学でやっていて魔法学校とかで学んだわけじゃないから、全然魔法について知らないのよね。

そんなことを考えていると、地面にある魔法陣が一気に光って前が見えなくなり、一《いっ》瞬《しゅん》の浮《ふ》遊《ゆう》感《かん》を覚えた。

地面をしっかり踏《ふ》んでいたのに、急に地面が無くなったかのような感覚だ。

そして光が止《や》んで、地面の感覚が戻《もど》ってくると、目の前の光景が変わっていた。

さっきまで大きな鉄の扉があったのに、今は部屋の中だ。

周りを軽く見回すと実験室みたいな感じで、部屋中に物が雑多に置かれている。

服とかが積まれた山がいくつかある。

一言でいえば……その、結構汚《きたな》い部屋ね。

魔法使いのディーサ様はあまり掃《そう》除《じ》をしない方なのかしら？

それと服とかもあるから、ここに住んでいるの？

職場に泊《と》まることもある、みたいな感じかな？

というか、ディーサ様はどこにいらっしゃるの？　姿が見えないけど。

「ディーサ様？　どこにいらっしゃいます？」

レベッカが周りを見回しながらそう言ったけど、他《ほか》の部屋へと続くようなドアもないし、ディーサ様は不在のようだ。

「レベッカ、ディーサ様はいないみたいだし、また出直しても……」

「いえ、確実にいます。彼女がこの部屋から出ることはほとんどありません」

「えっ、そうなんですか？」

「はい、変わり者なので」

レベッカはまた周りを見回して、一つの服の山に目をつける。

「そこですね、ディーサ様」

「そこ？　服の山ですが……」

「この中にいますね。ルアーナ、服を退《ど》かすのを手伝ってください」

服の山の中に埋《う》まっているってこと？　本当に？

レベッカがもうすでに服を退かし始めているので、私も手伝おうとした時……。

「それには及《およ》ばないよ」

「っ！　えっ……！」

私の真後ろからいきなり声が聞こえたので、ビックリして振《ふ》り返った。

さっきまでそこに誰《だれ》もいなかったはずなのに、一人の女性が立っていた。

私よりも背が高くてスラッとしたスタイル、服は全身を覆うような真っ黒いコートを着ていて、いかにも魔法使《まほうつか》いらしい。

その黒いコートと真逆の白色の髪《かみ》の毛が、腰《こし》辺りまで綺麗に伸《の》びていて美しい。

顔立ちは綺麗系の凛《りん》とした感じで、身長も高いのもあいまってお姉様みたいな雰囲気《ふんいき》がある。

「ディーサ様、この時間に来るって言ったんだから、部屋くらい片付けてくださいよ」

「これでも片付けたのさ、レベッカ。服が散らばらずに固まっているだろう？」

「服の山を作っただけで片付けたとは言いません」

口調も敬語ではなく、レベッカの言う通り令嬢《れいじょう》らしくない方のようね。

「それに服の山の中で寝《ね》ていたでしょう？　今、転移魔法で出てきたのはわかっているんですからね」

「レベッカは誤魔化《ごまか》せなかったようだな。仕方ないだろう、ここにはベッドがないのだから、床《ゆか》よりも服の山の方が気持ちよく寝られるのだ」

「まず職場じゃなくて家で寝てください」

な、なかなか面白《おもしろ》い人なのね、ディーサ様は。

それと、転移魔法を使えるの？

私の後ろに急に現れたのは、服の山の中から転移魔法を使ったってことね。

「それにしても、レベッカが私に令嬢を紹介《しょうかい》するなど、珍《めずら》しいな」

ディーサ様が私と視線を合わせて、手を差し出してくる。

「初めまして、ルアーナ嬢。私はディーサ・グン・アールベックだ」

「は、初めまして、ルアーナ・チル・ディンケルです」

私も手を出して握手《あくしゅ》をする。

握手してから気づいたけど、令嬢同士の挨拶《あいさつ》で握手をすることなんて初めてだ。

「ふむ……」

「？　あの、なんでしょう？」

ディーサ様が私の目……ではなく、私の頭の上や身体《からだ》を見ている。

髪とか服に何か付いているのだろうか？

「いや、なんでもないが……ディンケル？　というと、辺境伯家の？」

「はい、そうです」

「ふむ、ジークハルトの妹か？　彼に妹がいるなどとは聞いたことがないが」

「えっと……」

いきなりそこを突《つ》かれるとは思わなかったから、言葉に詰《つ》まってしまった。

「ああ、すまない。言いづらいなら言わなくてもいい、あまり興味もないし」

「そ、そうですか……」

「ディーサ様、あなたから聞いておいてその言い方は失礼ですよ」

レベッカが隣でそう言ってくれたが、答えづらかったので聞かれないのはありがたい。

だけど「興味ない」とはっきり言われるのはビックリした。

「そうか、それはすまない。ただ私が興味があるのはルアーナ嬢、君の魔法だ」

「私の魔法、ですか？」

「ああ、そうだ。君から魔力が漏《も》れているが、それは常人とは全く違《ちが》う量と色だ。量も素《す》晴《ば》らしいが、色の方がすごいな。私はこれまで数千人の魔力を見てきたが、そのどれとも違う魔力の色だ。魔力の色とはつまり魔法の種類ということで、君が使っている魔法は稀《け》有《う》なことが見ただけでわかる。その魔法はいったい何なのかとても気になるな」

「え、ちょ……！」

なんかすごい早口で、ずいずいと顔を近づけながら喋《しゃべ》ってきたけど、なに⁉

「あっ、ルアーナ。言い忘れてましたが、ディーサ様は魔法大好きな変態さんです」

「レベッカ、変態とは失礼だな。魔法が大好きな研究者と言ってくれ」

「魔法の塔《とう》の中でも研究が好きすぎて変態と呼ばれているんだから、もう名誉《めいよ》なのでは？」

「ふむ、確かに。じゃあ魔法の塔の変態、ディーサと今後は名乗ろうか」

な、なるほど……ディーサ様は魔法が好きすぎるのね。

だから私の魔力の色？　というものを見て、興奮してしまったようだ。

「その、魔力の色って何ですか？　あんまり聞いたことないですが」

魔力はなんとなく相手が持っているか持っていないか、私もわかる気がするんだけど、色というのはよくわからない。

「んー、説明が難しいな。私にしか見えない、わからないものみたいだから」

「そうなんですか？」

「ああ、私は魔法使いの魔力を見ると、色がついているように見えるのだ。その色で何の魔法を使うのかだいたいわかる」

「なるほど……」

魔法が大好きで研究しているディーサ様だから、見える魔力の色ってことかしら。

「それで、君の魔力の色は今までの人生で一度も見たことがない。どんな希少な魔法を使うんだ？」

「えっと、私は光魔法を使います」

「光魔法！　なんと、そんな伝説級の魔法を！」

私の魔法を言った瞬間、ディーサ様がさらに顔を近づけてきた。

か、顔が、端整《たんせい》で綺麗《きれい》な顔立ちが近い、なんか良い匂《にお》いもする……！

「光魔法なんてここ数十年誰も使えたことがない魔法だ素晴らしい！　どんな魔法なのかは本で読んだことがあって主に攻撃《こうげき》などではなく回復系の魔法だということは知ってはいるがどれくらいの怪我《けが》を治せるのか。それをぜひ知りたい――」

「はい、ディーサ様、止まってください」

「ひゃぅ!?」

ディーサ様の言葉に圧倒《あっとう》されてたじろいでいたんだけど、急に彼女が変な声を上げて身を引いた。

どうやらレベッカが彼女の脇《わき》を突っついたようだ。

「……レベッカ、私は脇が弱いのだが？」

「だから触《さわ》ったんです。ルアーナが引いているので、やめさせようと思って」

「止めるにしても他《ほか》に手がないのか？」

ディーサ様はジト目でレベッカを睨《にら》んでいるが、止まってくれたようでよかった。

「そこまで問い詰めなくてもルアーナならちゃんと話してくれますから。ですよね、ルアーナ」

「はい、もちろんです」

もともと光魔法を使えることはずっと隠《かく》していた。

だけど辺境伯領では光魔法を使って聖女として活躍《かつやく》しているし、王都でもその噂《うわさ》が広がっているということで、もう隠す意味はほとんどない。

むしろ今、私がやるべきなのは光魔法のさらなる上達だ。

今まで独学でやってきたから、魔法に詳《くわ》しいディーサ様と話して上達のヒントをいただけたら嬉《うれ》しい。

「私も自分の魔法以外あんまり詳しくないから、いろんな魔法について聞けると嬉しいです」

「そうかそうか！　ではまず君の光魔法《まほう》から調べさせてくれ！」

「まずディーサ様、座りませんか？　座るところがないですが」

レベッカの言う通り、この部屋は散らかっているので座るところがない。

それに椅子《いす》もテーブルもないから、ゆっくりできる場所がない。

「ああ、それなら」

ディーサ様が指をパチンと鳴らす。するとどこからか椅子とテーブルが現れた。

「これで問題ないな？　まあ床に物が散らばっているのはご愛敬《あいきょう》で」

「ご愛敬じゃ済まされないくらい散らかっていますが……」

レベッカはそう言いながらも、いきなり出てきた椅子に驚《おどろ》くことなく座った。

私は少し驚いて、座りながら喋る。

「ディーサ様、テーブルとかはどこから現れたのですか？」

「隣《となり》の物置き部屋から転移させたのさ。もともとこの部屋から隣の部屋に行けるドアがあったんだが、それを無くして壁《かべ》にしてもらった」

「えっ、なぜですか？」

「荷物ならこうして転移魔法で持ってこられるし、ドアだと壊《こわ》れてこちらの部屋に物が溢《あふ》れ出すことがあるからな」

ドアが壊れて物が溢れ出すって、物置き部屋にどれだけの物が入っているのだろうか……普通《ふつう》ならドアが壊れるなんてないけど。

隣の部屋の状態が気になるけど、それは置いておこう。

「見えなくても転移できるんですね」

「見た方が簡単だが、できるようにした。私を中心に半径二十メートルにある物は転移できる。馬車のような大きい物は無理だが」

「なるほど、すごい魔法ですね」

さっきみたいに自分の身体も転移できるのだから、攻撃にも防御《ぼうぎょ》にも使える魔法だ。ディンケル辺境領では戦い続けていたから、戦闘《せんとう》にどんなふうに使えるかどうかで考えてしまうけど。

「私の転移魔法などどうでもいいのだ。ぜひ光魔法を教えてくれ見せてくれ！」

「は、はい、わかりました」

またすごい熱量で迫《せま》ってきそうになったので、自分から光魔法について話す。

白い色とオレンジ色の光が出せること、白い光は魔物の近くで当てると魔物を消滅《しょうめつ》させ、遠くから当てると動きを鈍《にぶ》らせることができること、オレンジの光は人の傷や魔毒による中毒から回復させること。

これらのことを話すと、ディーサ様は目を輝《かがや》かせ、嬉々《きき》として質問をぶつけてくる。

「魔物を消滅とは聞いたことがないな。どれくらい近くで当てたら消えるのか気になる。さらに回復も魔毒を消せるなんて素晴らしい。魔毒は治療《ちりょう》するのがほぼ不可能と言われているようなものだから。どれくらいの魔力を消費するのかも気になるが、光魔法は魔物の力を浄化《じょうか》するような力が強いということで――」

質問をぶつけてくるというか、ずっと喋ってくるから私が話す隙《すき》がない。

私がチラッとレベッカの方を見ると、彼女は頷《うなず》いた。

「ディーサ様」

「ひゃぅ!?」

また脇を突っついて、ディーサ様を止めてくれた。

ディーサ様は魔法のことになると、すぐに暴走しちゃうのね……。

その後、落ち着いて話したり、またディーサ様が暴走して鎮《しず》めたりを繰《く》り返して、魔法について話した。

私も光魔法について深く聞かれたことはないので、自分で話してても気づきが多い会話だった。

ディーサ様は話しやすく、彼女が侯爵令嬢《こうしゃくれいじょう》であることを忘れてしまうくらいだ。

「なるほど、光魔法の話が聞けてとても有意義だったよ。いつか魔物を消滅させているところを見てみたいな」

「機会があればお見せしますよ。王都に魔物は出ないと思いますが」

「いつかディンケル辺境領に行くとしようか」

「それは私も行きたいですね。魔物と戦う前線に行くのは怖《こわ》いですが」

「私も滅多《めった》に前線に立つことはないですけどね。後方で光魔法を放つだけです」

そんな話をずっとしていたら、レベッカが懐《ふところ》から時計を出して見た。

「あら、もうこんな時間ですか。そろそろ昼時なので、三人で街に出て食事に行くのはどうですか？」

「あっ、いいですね！」

「いや、遠慮《えんりょ》しておこう」

私とディーサ様が真逆の返事をした。

良い雰囲気《ふんいき》で話していたから、ディーサ様が一瞬《いっしゅん》で断ったことに少しビックリした。

「ディーサ様、なぜ行きたくないのですか？　まあなんとなくわかっていますが」

「魔法の研究をしたいからな。光魔法の話を聞いて、研究欲《よく》が湧《わ》いてきてしまった」

「はぁ、やっぱり……」

なるほど、ディーサ様は本当に魔法が好きみたいね。

私達と食事をするのが嫌《いや》だ、というわけじゃなくて少し安心した。

「だけど昼食はどうするんですか？」

「昼食くらい食わなくても生きていけるから問題ない」

「美味《おい》しいものを食べたいみたいな欲はないんですか……」

「多少あるが、研究欲よりも低いな」

うーん、このままでは本当にディーサ様と一緒《いっしょ》に昼食を取れない。

だけど私はせっかくだからもっと一緒に話したい。

「ディーサ様、その……私もまだ話し足りないですし、もっと魔法のことをいっぱい聞きたいです。だから一緒に行きませんか？」

私が彼女と視線を合わせながらそう言うと、少し驚いたように目を見開いた。

そして「ふむ」と顎《あご》に手を当てて少し考えている。

「……そうか、ルアーナ嬢の誘《さそ》いなら受けてみようか」

「えっ、本当ですか？」

「ああ、私もルアーナ嬢と話したいことがもっとあるからな」

「ありがとうございます！」

ディーサ様も話したいと思ってくれたのはとても嬉しい。

私が笑顔《えがお》でレベッカの方を向くと、彼女は驚いた顔をしていた。

やはりディーサ様が外に出るのはそれだけ珍《めずら》しいことなのかもしれない。

だからこそ一層嬉しいわね。

「じゃあ行きましょうか。美味しい料理を出すお店はいくつか知っていますので」

レベッカがそう言ってくれて、私達は魔法の塔《とう》を出て街へと繰り出した。

♥ ♥ ♥

「珍しいですね、ディーサ様が誘いに乗って外に出るのは」

魔法の塔を出て街に出てから、レベッカはディーサにそう話しかけた。

今は二人が並んで歩いており、ルアーナだけが少し前の方を歩いていた。

ルアーナは王都の街中に出るのは初めてなので、少し興奮気味に早歩きになって、子どものように周囲を見回している。

ルアーナに二人の話が聞こえないタイミングで、レベッカは問いかけたのだ。

「そうだな。だが珍しいのはレベッカもだろう？」

「私も？」

「ああ、君が私に令嬢を紹介《しょうかい》するなんて、今まで一度もなかったことだ」

「確かにそうですね」

二人は友達なので、お互《たが》いの性格を知っている。

レベッカは相手の裏側を読めるので、人を簡単に信頼《しんらい》することはない。

ディーサは魔法にしか興味がないので、人と関《かか》わることがほとんどない。

そしてディーサは人の魔力量《まりょく》や色が見られるのだが……その魔力の色で、相手の感情がわかってしまうのだ。

侯爵令嬢だったので貴族との関わりが多かった彼女は、嘘《うそ》をついた汚《きたな》い色をした魔力を見るのが嫌で、社交界などに出るのをやめて、魔法にのめりこんでいった。

人の裏側や感情が見えてしまう二人だからこそ仲良くなれた。

「今日、君が来る時に令嬢を連れてくると聞いて驚《おどろ》いたものさ。もしかして君は変わってしまったのか、とも疑った」

「ふふっ、私は変わってませんよ。ただ、ルアーナが特別というだけです」

「ああ、今日部屋に来た時に君が素《す》の状態だというのも驚いたな。私の前でしか素を出していなかったのに」

「あら、妬《や》いてしまいました？」

「ふっ、どうだろうな」

妬いてない、と言うと嘘になるだろう。

だがディーサは自分以外に素が出せるような相手が、レベッカに見つかったことを素直に喜んでいた。

そしてその相手が、ルアーナのような裏表がない子であることも喜ばしい。

「それを言うなら、ディーサ様だって。私が誘っても昼食を一緒にしないのに」

レベッカは最初に問いかけた質問をもう一度ぶつけた。

確かにディーサはレベッカからの誘いを断ったし、今までもほとんど断り続けていた。

レベッカと二人で食事をするのが嫌、というわけではない。

結局ディーサはやはり魔法の研究の方が好きなのだ。

レベッカと二人で喋《しゃべ》るのは魔法の塔の研究室でもできるし、そこに食事を持って来れば食事もできる。

わざわざ店に足を運んで食事をしに行くのが面倒《めんどう》なのだ。

だから今日も最初は断ったのだが、その後にルアーナに誘われて心変わりをした。

「ふむ、すまないな。ルアーナ嬢に誘われた時に、いつも通りに色で感情が見えたのだ」

「なるほど、どうだったんですか？」

「本当に彼女は裏表がない良い子だな。魔法の塔の魔法使いである私と仲良くなりたいという者は、私の力や権力を使いたいと思う者が多いというのに」

魔法の塔に所属している魔法使いの中でも、ディーサはとても上の立場で力も権力もある。

一人だけで使える研究室や物置き部屋をいくつか持っていて、そこに人を招けるのだ。

魔法の塔に所属していても、そこまでの立場にいる者は数少ない。

さらにディーサが見目麗《みめうるわ》しい侯爵令嬢というのもある。

男から誘われると権力だけじゃなく、下心が出ているような魔力の色も見えた。

男でも女でも関係なく「仲良くなるために食事をしたいです」と誘われた時に、相手の魔力の色が黒く、汚く変わるのを目にしてきた。

しかし、ルアーナから言われた時の色には、そんな色は全くなかった。

ただ純粋《じゅんすい》に、友達としてディーサと仲を深めたい。

その気持ちだけがこもった色をしていた。

「あれほど純粋な令嬢がいるとはな。どういう育ち方をすれば、あんな綺麗《きれい》でいられるのかわからん」

「うっ……それは、ルアーナと仲良くなって聞いてください」

「ああ、もちろんそうするが……なぜレベッカは泣きそうになっている？」

「彼女の境遇《きょうぐう》と、私の愚行《ぐこう》を思い出したので……」

「？　よくわからないな」

レベッカがルアーナの純粋さを利用して過去の話をさせたことを、まだディーサは知らなかった。

「あっ、すみません、私が先に歩いちゃって……！」

ルアーナが街中を見回しながら歩くのをやめて、二人の方に戻《もど》ってきた。

少し恥《は》ずかしそうに頬《ほお》を染めているのが子どものように純粋だ。

「いや、問題ない。ルアーナ嬢はディンケル辺境領にずっといて、王都には来たことないのか？」

「あ、いえ、もともと王都で暮らしていたのですが、街には出たことがなくて……」

「？　ずっと家の中にいたのか？　もしかして魔法を鍛《きた》えていたのか？」

「そ、そうですね、鍛えていたつもりはないですが、日常的に使っていました」

「なるほど、やはり魔法学校に通っていないのに、その若さで魔力が強すぎると思ったのだ。魔法が好きなんだな」

「えっと、当時は魔法が好きというわけじゃなかったのですが、今は好きですね」

ルアーナは歯切れが悪いというか、少し含《ふく》みがある答えが多い。

いつものディーサなら気にならない、というよりも興味を持つことがないのだが、ルアーナに対しては興味を持っていたから気になった。

(過去の話、特に王都にいた頃《ころ》の話はしづらいのか？)

多分さっきのレベッカの反応だと、この過去の話がルアーナが純粋で綺麗な理由なのだろう。

聞きたいが、街中で聞くような話ではないことはわかった。

「そうか。それでレベッカ、昼食に向いている店はどこなんだ？　できれば個室がいいな」

「はい、もちろん個室のお店ですが、防音はわかりません」

「防音なら私が魔法でできる。とりあえずそこに行こうか」

「レベッカのおすすめのお店、楽しみです！」

三人は街中を並んで歩き、飲食店へと向かった。


飲食店で個室に入り、ディーサが防音を施《ほどこ》す魔法をかけて会話する。

魔法の塔で話していたのはほとんど魔法のことだったが、ここでは魔法以外の話をした。

「レベッカとの最初の出会いは最悪だったな」

「えっ、そうなんですか⁉」

「ああ、レベッカは腹黒いだろう？　だから魔力の色が結構汚かった」

「汚くてすみませんね。それを初対面で指摘《してき》してくるディーサ様も意地悪でしたよ」

「ど、どうやってそこから友達に？」

「何度か社交パーティーやお茶会で会う内に、私がいろいろと隠《かく》すのをやめたんです。どうせバレるんですから、もうディーサ様にだけは適当に接しようと」

「初めからそうしていれば、すぐに仲良くなれただろうに」

「最初から私の素を出して友達になってくれる人なんて、ディーサ様とルアーナくらいですよ」

レベッカとディーサの出会いの話をして、ルアーナが目を丸くしたり……。

「——ということで、私はディンケル辺境伯家に引き取られて一員になったんです」

「……思ったより壮絶《そうぜつ》な人生を歩んでいるのだな、ルアーナ嬢《じょう》は」

「確かに数年前までは辛《つら》いことの方が多かったですが、今はとても楽しく過ごしていますから。それに初めてレベッカという素敵な友達もできましたし」

「うぅ、ルアーナ……！」

「その素敵な友達はなぜ号泣しているんだ？　ルアーナの過去を一度聞いているのではないのか？」

「気にしないでください……私はルアーナの過去を信頼関係も出来ていない友達じゃない時に、騙《だま》して聞いてしまっただけですから……！」

「なるほど、レベッカの汚い部分を先に見せてしまったというわけか。ルアーナ嬢はそれでよくレベッカと友達になったな」

「えっと、その後に正直に話してくれましたし、いろいろと社交界のマナーを教えてくれたので」

ルアーナの過去の話をして、レベッカがまた泣いたり……。

「その、ディーサ様。私達はもう、友達ということですよね？」

「ん？　ああ、そうだな。私は友達がレベッカくらいしかいないが、ルアーナ嬢が友達になってくれるというなら、私も嬉《うれ》しい」

「私も友達になれたら嬉しいです！　そ、それでその、一つお願いが……」

「なんだ？」

「私のこともレベッカのように、敬称《けいしょう》なしで呼んでくれると嬉しいです……ど、どうでしょうか？」

「……ルアーナ、君は可愛《かわい》すぎるな」

「は、はい？」

「レベッカが気に入った理由もわかった。レベッカは意外と可愛いものが好きだからな、いまだにクマのぬいぐるみを抱《かか》えて寝《ね》ているくらい」

「ディーサ様？　なぜ私の秘密をいきなりバラしたのですか？」

「おっと、すまない。ルアーナの可愛さに少し狼狽《うろた》えてしまってな」

「それなら仕方ありませんね」

「あの、ディーサ様、そこまで言われると恥ずかしいのですが……」

「ルアーナ、私のこともディーサでいいよ。そっちの方が友達らしいのだろう？」

「は、はい！　ありがとうございます、ディーサ！」

ディーサがルアーナの可愛さを理解し、二人が呼び捨てで呼び合うことになった。

昼食を食べている間にいろんな話をして仲を深めることができた。

魔法《まほう》以外にディーサがこんなにいろんな話をするのは珍《めずら》しいので、レベッカは少し驚《おどろ》いていた。

ルアーナがお手洗いに行っている間に、残った二人で話す。

「ディーサ様、ルアーナとは仲良くやれそうですか？」

「ああ、そうだな。想像以上に楽しかったし、ルアーナがよければ魔法など関係なく仲良くしていきたいな」

「それならよかったです。私も紹介《しょうかい》した甲斐《かい》がありました」

レベッカは二人を引き合わせたものの、相性《あいしょう》が悪かったらどうしようと少し不安ではあった。

だからそれが杞憂《きゆう》で終わってホッとしていた。

「ディーサ様にもルアーナの可愛さが伝わったようでよかったです。小動物のような庇護《ひご》欲《よく》が湧《わ》きますよね」

「ん？　庇護欲？　いったい何を言っているんだ？」

「えっ？」

まさか同意を得られないとは思わず、レベッカは目を丸くする。

ディーサも驚いているようだが、すぐに「ああ、そうか」と納得《なっとく》したように言う。

「レベッカはルアーナの魔力量が見えなかったな。それなら仕方ないかもしれない」

「魔力量ですか？」

「ああ、凄《すさ》まじいぞ。並大抵《なみたいてい》の努力じゃ辿《たど》り着かない魔力量だ、私よりも多い」

「えっ、ディーサ様よりも？」

魔法の塔《とう》にいる魔法使いの中でも、上位の魔法使いであるディーサ。

そのディーサよりも多いなんて、レベッカには想像がつかなかった。

「十歳から五年間、毎日起きている間はほとんど魔法を使っていたと言っていたから、魔力量が格段に多いのだろう」

「な、なるほど……」

「壮絶な五年間だったようだが、そこで鍛えられた魔力量。小動物のような可愛さというのは同意するが、庇護欲が湧くことはないな」

「確かに、私も庇護欲は湧きましたが、実際に守れるかどうかは微妙《びみょう》です。心も強いので、ルアーナは」

レベッカが思い返すのは、自分が主催《しゅさい》したお茶会での出来事。

何か起こらないかと思い、ルアーナとアルタミラ伯爵《はくしゃく》家の令嬢のエルサを呼んだ。

ルアーナと友達になってから後悔《こうかい》した、自身の腹黒い行動だった。

実際にはエルサの方から接触《せっしょく》してきたが、レベッカは自分が蒔《ま》いた種なので、ルアーナの前に立って守ろうとした。

しかし、ルアーナは全く守る必要がないほど強かった。

五年間、アルタミラ伯爵家の中で迫害《はくがい》を受けていたとは思えないほど、毅然《きぜん》とした態度でエルサと話していた。

その姿を見て、可愛いだけじゃなくてカッコいいのだなとも思った。

「私はまだ心が強いかは知らないが、魔法は強いということはわかっている。光魔法という回復魔法、魔物にしか効かない魔法か。純粋《じゅんすい》な攻撃魔法《こうげきまほう》を使えていたら……ふふっ、おそらく凄まじい攻撃になっただろう」

「確かに、そういう考えもできますね」

「私の予想が正しければ、皇宮を一発の魔法で破壊《はかい》できるほどの威力《いりょく》の魔法は余裕《よゆう》で使えていただろうな」

「……ルアーナが光魔法の使い手でよかったです」

レベッカも、ルアーナへの庇護欲がだいぶ抑《おさ》えられた。

「すみません、お待たせしました……あの、私をジッと見て、どうしたんですか？」

「いえ、ルアーナが光魔法の使い手でよかったという話をしていたんです」

「私は逆に、ルアーナが炎魔法《ほのおまほう》の使い手だったら、と想像していたんだ。ふふっ、なかな

か面白《おもしろ》いことになると思うんだけどな」

「はぁ、そうですか？」

戻《もど》ってきたルアーナは不思議そうに首を傾《かし》げた。

♦　♦　♦

私達は昼食を食べ終えて、お店を出た。

とても美味《おい》しかった。さすがレベッカのおすすめのお店だ。

料理を食べながらいろいろと楽しい話もできて、ディーサ様……いや、ディーサと友達になれた。

はぁ、今日はとてもいい日ね。

王都の街中も初めて見たから、新鮮《しんせん》でとても面白い。

ディンケル辺境伯領の街よりも、服飾《ふくしょく》店や宝石店が多い印象だ。

やっぱり華《はな》やかな貴族の人達が多いので、そういうお店の需要《じゅよう》があるのだろう。

私も辺境伯家の令嬢だから、宝飾品《ほうしょくひん》や服をいろいろ持っておいた方がいいのかな？

私が持っているのは日常的に使える服。

それに……ジークが買ってくれたドレスや宝飾品だ。

イヤリングは今でも付けているが、宝飾品はこれしか持っていない。

だけどこれは使いやすいし……何より、ジークからのプレゼントだ。

普段《ふだん》使いでも社交界でも、できる限りこれをつけていきたいとは思っている。

「ルアーナ、イヤリングを触《さわ》って気にしているようだが、どうした？」

「えっ、あ……」

「取れそうですか？　それなら道の端《はし》に寄って止まりますが」

「い、いえ、大丈夫《だいじょうぶ》です！」

二人と話しながら魔法の塔へ帰る途中《とちゅう》だった。

さっきまでずっと話していた私がいきなり黙《だま》り込んだので、心配させてしまった。

「ルアーナの青いイヤリング、とても似合っていますね。瞳《ひとみ》の色に合わせたのでしょうか？」

「は、はい、多分そうです」

「自分で選んだのではないのか？」

「えっと……」

「ふふっ、ディーサ様、無粋《ぶすい》ですよ」

「むっ、なるほど、婚約者《こんやく》か？」

「い、いえ、婚約者じゃないですから！」

レベッカが揶揄《からか》うように含《ふく》みを持たせた言葉を、ディーサが勘違《かんちが》いしてしまった。

「家族からです！　ディンケル辺境伯家に入ってから、社交界デビューのためにプレゼントしてもらったんです」

「ジークハルト様からですよね？」

「そ、そうです」

「ジークハルトから？　あの男が女性にプレゼントをするとは考えにくいが……」

ディーサがそう言って首を傾げていた。

そういえば最初に会った時に私がディンケル辺境伯家と伝えたら、彼女は「ジークハルトの妹か？」と言っていた。

ジークが普通《ふつう》は女性にプレゼントを贈《おく》らないという言葉も、彼の内面を知っていないと出ない言葉だ。

ジークもディーサのことを知っていたようだし、二人は知り合いなのね。

「ディーサはジークとどこで出会ったのですか？」

「魔法学校だな。私の後輩《こうはい》として入学してきた時から、私は目をつけていた」

そうか、ジークも王都の魔法学校に通っていたと言っていた。

そこで出会ったのね……というか、ジークの先輩ということは、ディーサは私よりも年上なのね。

今さらだけど、本当に呼び捨てでいいのかしら？

いえ、ディーサには許してもらったし、友達だからいいのよね。

「新入生にしては一人だけ魔力が高くて強かったからな、目立っていた。おそらく辺境伯領で鍛《きた》えていたからだと思うが、それ以上に才能が素晴《すば》らしかった」

「そうなんですね」

「ああ、私は彼も魔法の塔《とう》に来ると思っていたのだが、すぐに辺境領に戻ってしまってな。あのまま学校を卒業まで通っていたら、魔法の塔に勧誘《かんゆう》したというのに」

ジークは魔法の塔に入れるくらいに優秀《ゆうしゅう》だった、ということらしい。

辺境伯領での魔物との戦いでもとても頼《たよ》りになるし、やはり他《ほか》の人と比べてもジークは強いのね。

「今からでも勧誘は遅《おそ》くないか？　ここ五年ほど見ていないが、成長しているのなら推薦《すいせん》するのはありだな。ジークハルトの性格なら絶対に成長しているだろうし、しかも魔物を倒《たお》すために火力特化の強さになっているはず。彼は魔法を扱《あつか》うというよりも身体能力を上げる魔力の使い方をしていたから、魔法の塔にいる魔法使いよりも私の研究に役に立つだろうし――」

「ああ、またディーサ様の変態で厄介《やっかい》な部分が出ていますね」

「あはは……」

魔法《まほう》の塔で何回かやっていた、一人の世界に入ってしまうやつだ。

それをすると毎回、レベッカが……。

「ディーサ様」

「ひゃぅ!?」

こうして、脇《わき》を突《つ》いて止《や》めさせている。

この光景も慣れたけど、毎回少し笑ってしまう。

そうして街中を歩きながら、魔法の塔に向かっていたのだが……。

「あら、もしかしてあれはジークハルト様では?」

「えっ?」

レベッカがジークらしき人物を見つけたということで、私もそちらの方向を見る。

あ、確かにあれはジークだ。

今は夕方くらいだが、まさか街中でジークと出会うとは。

「何をしているのでしょう?」

「さあ? 私もジークが今日何をするのか聞いてないですし……」

レベッカと立ち止まって、遠くからジークを観察していた。

あちらはまだ気づいていないので、話しかけるかどうかも迷っていたのだが……。

「あら、ディーサ様は?」

「えっ、あ……もうジークの近くまで行ってますね」

隣《となり》にいたはずのディーサがいなくなっていて、ジークの近くまで早歩きで向かっていた。

まさかディーサがいきなり話しかけに行くとは。

「まったく、ディーサ様は……私達も行きましょうか」

「はい」

私達もディーサを追って早歩きでジークの方へ近づく。

ディーサがジークの後ろに立って、笑《え》みを浮《う》かべながら声をかける。

「ジークハルト、久しぶりだな」

「ん？　げっ!?　ディーサ……！」

話しかけられたジークは、驚《おどろ》きながらも嫌《いや》な顔をしていた。

しかしディーサは笑顔を崩《くず》さずに話し続ける。

「げっ、とはひどいな。婚約を申し込まれたという相手に」

――えっ？

ディーサが、ジークに婚約を申し込んだ？

まさか、そんな仲だったの？

その言葉に、私は足を止めて固まってしまった。

「ルアーナ？　大丈夫ですか？」

「っ、は、はい、大丈夫です」

「驚くのも無理ないですよ、私も聞いたことなかったので……まさか、あのディーサ様が婚約を申し込んだことがあるとは。しかもジークハルト様に」

レベッカも驚いているようで、一緒《いっしょ》にその場で留《とど》まって二人の会話を聞いている。

ジークはディーサ様に身体《からだ》ごと迫《せま》られていて、それを避《よ》けるために身体を捻《ひね》っているからか、まだ私達に気づいていないみたいだ。

「ああ、王都にいた頃《ころ》は婚約を何回か申し込まれたが、あんな適当な申し込みは初めてだったな」

「適当とはひどいな。私は数ある男性の中から選んだというのに」

「魔力が強いというだけでな。当時、ディーサは十八歳で、俺は十二歳。俺の魔力量と将来性だけで選んだって言ってただろ」

「おっと、女性の年齢《ねんれい》を道端《みちばた》で明かすのはよくないぞ。それに魔力や将来性だけじゃなく、ちゃんと容姿や性格でも選んださ」

「あの頃はただのガキだったと思うが」

「ああ、とても可愛《かわい》くて矯正《きょうせい》しがいがありそうだった」

「変態じゃねえか！」

……なんだかいろいろと新たな情報が出てきた。

まず、ディーサって私よりも六歳も年上なのね。

知らなかった……そういえば、レベッカの年齢も聞いてない。今度聞いてみよう。

それとディーサがジークに婚約を申し込んだというのは本当のようだけど、意外と適当に申し込んだような感じだ。

少なくとも、ジークを本気で好きになって婚約を申し込んだ雰囲気《ふんいき》ではない。

私とレベッカも近づいていくと、ジークが私達に気づく。

「ルアーナもいたのか。それにレベッカ嬢《じょう》も」

「ええ、お久しぶりです、ジークハルト様」

「ジークはここで何してたの？」

「暇《ひま》だったから街をブラついていただけだ。まさか変態に捕《つか》まるとは思っていなかったが……こんなことなら家で大人しくしているんだったな」

ジークはディーサを見ながらため息をついた。

そんなに会うのが嫌だったのね……。

「ふふっ、私は会えて嬉《うれ》しいぞ、ジークハルト。やはり君は私の想像以上に成長していた。魔力量はもちろんのこと、色も少し変わったか？　魔力を使っているだけ？　魔法は使えるようになったか？　それとも身体能力を上げるために魔力を使っているだけ？　それでも素晴らしく強くなっているのは間違《まちが》いないだろうが、魔法を使えるようになればもっと――」

「えい」

「ひゃぅ!?」

またレベッカが脇を突いて、ディーサを止めた。

初めてそれを見たジークは少し驚いた様子だ。

「こいつがこの状態になったら止められないと思っていたが、そうやって止める術《すべ》もあるんだな……」

「ジークハルト様もやってみては？」

「俺がやったらさすがにセクハラになるのでやりません」

「そうですか。それと社交界などの公《おおやけ》の場以外なら、敬語を外しても問題ありませんよ。ジークハルト様に敬語を使われると寒気がするので」

「……じゃあお言葉に甘えさせてもらう」

レベッカの言葉に、ジークは少し眉間《みけん》を寄せながら答えた。

ジークも社交界とかでは意外と猫《ねこ》を被《かぶ》るから、レベッカと相性《あいしょう》が逆に悪いのかも。

「今日は素晴らしい魔力を持った二人に出会えて、最高の一日だな。できれば二人にはこのまま魔法の塔に来て、研究に付き合ってほしいのだが？」

「嫌だが？」

「私は別にいいですが、今日は遅《おそ》くなったので後日で……」

もう夕方で、ディーサの研究に付き合うとなると、いつ終わるかわからない。

どんな研究するのか気になるから、一回くらいは付き合ってみたい。

「そうか、ジークハルトは来ないのか、残念だ……本当に来ないのか？」

「ああ、何をされるかわかったもんじゃない」

「じゃあルアーナとディーサ様と私で後日また集まって、楽しく研究でもしましょうか」

「ふむ、そうだな。だがレベッカは魔法に興味ないのだろう？」

「あまりないですが、ルアーナとディーサ様が集まっているんですから、私も行きますよ。私の婚約者《こんやく》のエリアス様も呼んでもいいかもしれませんね、彼も魔法は使えるので」

「おお、そうか！　確かにエリアス殿《どの》も悪くない魔力量を持っていたな、研究させてもらえるなら嬉しいぞ」

また三人で集まり、さらにエリアス様も入れて研究することが決まったようだ。

私は隣に立ってそっぽを向いているジークをチラッと見る。

「ジークは来ないの？」

「ああ、あの変態の実験動物になるつもりはない」

「実験動物ってわけじゃないと思うけど……」

「気をつけろよ。ルアーナは光魔法なんて珍《めずら》しいもん持ってるんだから、絶対に目をつけられているだろ？」

「確かにもういろいろと話を聞かれたけど、別に実験動物になったわけじゃないから」

レベッカが止めてくれなかったら、どうなっていたかわからないけど。

……そう思うと、一人でディーサの研究に付き合うのは怖《こわ》い気もする。

いや、レベッカやエリアス様もいるから一人じゃないけど。

「ジークは本当に来ない？」

「だから行かないって」

「そっか……一緒に来てくれたら嬉しいと思っていたけど、そこまで言うなら無理は言わないわ」

「っ……」

私がそう言うと、ジークが目を見開いて少し黙《だま》った。

……あれ、なんか今の言葉、ジークが来ないと私が寂《さび》しいみたいに伝わってない？

「別にその、寂しいとかじゃないからね。ディーサがどんな実験をするか少し不安で、ジークがいれば実験の負担が減るからで……いや別に怖いとかじゃないけど！」

言い訳をしようにも、寂しいというのを否定すると実験が怖いから、という風になってしまって、どっちにしても変な感じで伝わってしまう。

いや、ディーサの実験動物になるのが少し不安なのは確かなんだけど。

「ははっ！」

私がさらに言い訳を考えていると、ジークが声を出して笑った。

屈託《くったく》のない笑みを浮《う》かべてから視線を合わせられて、少しドキッとしてしまった。

「そ、そうだな、じゃあ行ってやるよ。俺がいないと寂しくて怖いっていうならな」

「そ、そうじゃないから！　全然違うからね！」

「はいはい、そうだな」

「ほ、本当にわかってる!?」

「わかってるよ」

私が頬《ほお》を赤くしながら詰《つ》め寄っても、ジークは余裕《よゆう》そうな笑みを浮かべている。

くっ、なんだか悔《くや》しい……。

「ジークこそ、本当は仲間外れが嫌《いや》なだけでしょ？」

「はぁ？　そんなわけないだろ。お前が言わなければ、俺は行かなかったからな」

「本当？　実は心の中ではエリアス様が来るって話になった時に、行きたくないって言ったのを後悔《こうかい》していたんじゃないの？」

「全くないな。むしろ俺はあいつが来るんだったら、それこそ行きたくないと思うからな」

「素直《すなお》じゃないんだから」

「だから違うからな？　ルアーナこそ、本当は一人じゃ寂しいんですって素直になれよ」

「違うから！」

私とジークは道端《みちばた》で口喧嘩《くちげんか》のように言い合った。

最近はジークとこんなやり取りをしていなかったので、なんだか懐《なつ》かしいと思った。

だからレベッカとディーサが側《そば》で私達を見ていたのを忘れてしまっていた。


「ふむ、あの二人は婚約をしていないんだよな？」

「はい、そのようです」

「確か兄妹《きょうだい》のような家族という話だったが……まあ兄妹喧嘩にも見えるし、ただじゃれ合っている恋仲《こいなか》にも見えるな」

「私は後者です。というか絶対に後者です」

「そうか、じゃあ今後はジークハルトを狙《ねら》うのは諦《あきら》めるべきか。せっかく魔力量《まりょく》も素晴らしくなって、顔も良くなったというのに」

「ディーサ様は意外と相手の容姿を気にしているんですね」

「カッコいい男を矯正して可愛《かわい》くするのがいいのだろう？」

「……あまりよくわかりませんが」

ジークとのやり取りが終わった後、二人が何を話していたか聞いたけど、何も答えてくれなかった。

第2章　アルタミラ伯爵家の失墜

私がディーサと出会って友達になってから数日後。

あの日に約束した、みんなで魔法の塔《とう》で研究をする日となった。

本当に……いろんな研究をした。

私に限って言えば、まず全力で魔力を解放したら、どれくらいの量なのか。

光球を出したらどれくらい維持《いじ》できるのか、維持には魔力をどれほど消費するのか。

何かの道具に光魔法の効果を付与《ふよ》できるのか。付与できたので、本来の光魔法の効果と比較《ひかく》して……などなど。

「とても楽しく実のあるものとなったぞ！　ありがとう！」

朝から晩までぶっ通しで研究していたディーサだが、手伝っていた人達よりも疲《つか》れてなさそうなキラキラとした笑顔《えがお》でお礼を言った。

もう研究はキリがいいところまで終わったようだ。

私も疲れてしまって、椅子《いす》に座りながら苦笑いをする。

「え、ええ、ディーサの研究が進んだようで、よかったです……」

「ああ、特にルアーナはとても助かったぞ。君の光魔法は本などでは読んだことがあって存在は知っていたが使える者は魔法の塔でも一人もいなかった。それがまさか目の前に現れるとは思わなかったし、まさか回復魔法がここまで効果があるとも思わなかった。しかも他《ほか》の回復魔法よりも再現性が高い、つまり魔道具《まどうぐ》として開発を進めれば――」

「えい」

「ひゃぅ⁉」

今回はレベッカじゃなく、私がディーサの脇《わき》を突《つ》いた。

今日で会うのは二回目なのだが、ディーサがこの状態になるのは慣れた。

「私は特に何もしていないのに疲れましたね……エリアス様もお疲れ様です」

「いや、僕は大丈夫《だいじょうぶ》だよ。レベッカと一緒《いっしょ》にいたら、疲れなんて吹《ふ》っ飛ぶから」

「まあ、お上手なんだから。紅茶です、どうぞ」

「本心さ。ありがとう、レベッカ」

レベッカとエリアス様も椅子に座って、二人で紅茶を飲みながら休憩《きゅうけい》している。

エリアス様も結構珍しい氷魔法を使えるようで、長い間研究に付き合っていた。

ずっと笑顔でディーサと接していたが……心の中ではどう思っていたのだろう。

前にレベッカから「エリアス様は令嬢《れいじょう》を芋《いも》のように思っている」と聞いてから、エリアス様が爽《さわ》やかな笑みの裏側でどんなことを思っているのかが少し怖い。

だけど今日は時々、毒を吐《は》いている場面があったので、逆に安心した部分もあった。

エリアス様とディーサが最初に挨拶《あいさつ》する時から、

『初めまして、ディーサ嬢。いつも僕の婚約者《こんやく》がお世話になっている』

『ああ、エリアス殿《どの》、世話をしているつもりはないが、仲良くさせてもらっている。君の魔法《まほう》以外は興味ないが、よろしく頼《たの》む』

『あはは、僕もディーサ嬢には欠片《かけら》も興味ないから、一緒だね』

という会話をしていたけど……これはディーサから最初に仕掛《しか》けているかも。

まあこの面子《メンツ》だったら、エリアス様も取り繕《つくろ》う必要がないから言ったのだろう。

そして、私と一緒に来たジークは……。

「疲れた……俺だけ肉体労働すぎるだろ」

一番動いていたからか、椅子に座ってだらーんとしていた。

ジークは魔法を一応使えるが、ほとんどが肉体を強化するために魔力を使っている。

だから彼の実験は、どれだけ身体能力が上がっているか確かめるものが主だったので、一番身体《からだ》を動かしていた。

剣《けん》を持ってどれだけ硬《かた》いものを斬《き》れるかとか、跳躍《ちょうやく》力は魔力を込めた時と込めてない時の違いはどれくらいなのかなど。

鋼《はがね》を斬ったり、十数メートル跳躍したりと、私も少し引くくらいすごかった。

「お疲れ様、ジーク」

「ああ……ルアーナもな。お前が一番魔力を使っていただろ？」

「まあ、確かに」

私もディーサに「魔力量は大丈夫か？」と心配されるくらいに魔法を使っていた。

魔力量は私も人よりも多い。それでも今日はいっぱい使って枯渇《こかつ》気味になったりしたけど、私は魔力の回復が人よりも速い。

それにも驚《おどろ》かれて、ディーサからさらに質問攻《しつもんぜ》めにあったり、実験内容が増えたりしたけど……。

でも、研究は楽しかったし、やってよかったと思っている。

だって……。

「私の光魔法の研究が進んだら、回復魔法を魔道具で再現できるかもしれないんでしょ？そうなったら、怪我《けが》や魔毒で苦しんでいる人をいっぱい救えるから」

そう、今日の研究の一番の成果はそこだ。

今までの回復魔法は魔道具などにすることは難しかったらしいけど、私の光魔法ならそれができるかもしれないとのこと。

私は辺境伯領《へんきょうはく》で魔物の動きを止めたり、怪我を治したり魔毒を消したりしているが、私一人じゃ手が回らないことも多い。

辺境伯領だけでも手が回らないのに、王都や他の領地なんて絶対に無理だ。

だけど魔道具が開発されれば、私の光魔法をきっかけに、命が救われる人が増える。

アイルさんみたいに魔毒で倒《たお》れて、命を失いかけることもなくなる。

それなら、研究に付き合っていきたい。

「確かにそうだが、これからもお前に負担がかかるだろう？　光魔法を使えるのはお前しかいないんだから、研究や開発に呼ばれることになるぞ」

「そうだけど、やるしかないでしょ。私しか出来ないんだし」

「大丈夫なのか？　無理しているなら、俺から断ってやるが」

ジークが椅子に座りながら、心配そうに私の目をジッと見つめて聞いてきた。

下から覗《のぞ》きこまれる形になり、ジークの素直《すなお》に私のことを想《おも》ってくれる言葉もあって、少しドキッとする。

「だ、大丈夫よ。むしろ王都にいる間にやることが出来て嬉《うれ》しいくらい。ディーサやレベッカとも一緒にいられるしね」

「……そうか、ならいい」

「ええ……ありがとう、心配してくれて」

「……別に、お前がまた母上を助ける時みたいな無理をしたら、俺がまたその尻拭《しりぬぐ》いをしないといけないと思っただけだ」

耳を赤くして憎《にく》まれ口みたいなことを言って、本当に素直じゃないんだから。

「ふふっ、はいはい」

「またあの二人は自分達だけの空気を作って……わざとかしら？」

「僕もレベッカとあんな空気を作りたいなぁ……ちょっとディーサ嬢、邪魔《じゃま》だから出て行ってくれない？」

「ここは私の研究室だ。それにあの二人は私達がいるのにあんな空気を作れているんだから、エリアス殿とレベッカがあの空気を作れないのはそちらの問題では？」

「……否定できないのが悔《くや》しいな」

「いえ、私とエリアス様はあんな空気を人前で見せないですから」

三人が話している会話の内容は、私とジークには聞こえていなかった。

魔法の塔《とう》を出て、私達は帰路に就《つ》く。

ディーサはまだ魔法の塔で研究を続けるらしい。体力がすごい。

魔法の塔を出たところに馬車が二つ用意されていて、私とジークは一緒に乗った。

もう一つの方にレベッカとエリアス様が乗って、それぞれの屋敷《やしき》へと帰る。

もちろん私とジークは同じ屋敷だ。

レベッカとエリアス様と別れてから、私とジークは静かに馬車に揺《ゆ》られていた。

はぁ、今日もすごく楽しかったわね。

王都に来てレベッカと友達になって、ディーサを紹介《しょうかい》されて友達になって。

とても楽しい日が続いている。

王都にはアルタミラ伯爵《はくしゃく》家で軟禁《なんきん》されていた嫌《いや》な思い出があったけど、もうあまり気にすることもなくなってきた。

「ふぁ……」

だけど今日はさすがに疲《つか》れた……王都に来てから魔法を使う機会はなかったので、久しぶりに使って疲れやすくなっていたのだろう。

馬車の座席も柔《やわ》らかくて、揺られているのもなんだか心地《ここち》いい。

少し眠《ねむ》ろう、かしら……。

目の前で座って窓の外を見ているジークを朧《おぼろ》気《げ》に視界に捉《とら》えながら、私は眠気《ねむけ》に身を任せた。

◆　◆　◆

「……寝《ね》たのか」

馬車の対面で座り、壁《かべ》に身体を預けながら寝ているルアーナ。

さっきまで魔法の塔でいろいろと楽しそうに騒《さわ》いでいたが、やはり疲れていたようだ。

そういえば今日の朝、楽しみすぎてあまり眠れなかったとか言っていた気がするな。

遠足前の子どもかよ、と思ったが、本当に眠れていなかったようだ。

まあ今日の魔法の研究で一番魔力を酷使《こくし》していたのはルアーナだから、十分に眠っていても疲れていただろうが。

俺やエリアスは普通《ふつう》の魔法使いよりも魔力が多い程度だが、ディーサは魔法の塔の魔法使い。その中でも優秀《ゆうしゅう》だと聞いている、あんな変態を褒《ほ》めたくはないが。

そんなディーサでも驚くくらいの魔力量と魔力の回復速度。

やはりルアーナは魔法に関しては、とんでもない才能を持っていたようだ。

その才能は他人を助ける光魔法で……ルアーナの性格に合っているが、こいつは無理をしすぎるところがある。

だから今日も研究のために魔法をいっぱい使って疲れが溜《た》まったのだろう。

魔法研究の変態のディーサですら心配するくらいだったからな。

今は無防備で無垢《むく》な顔で、ぐっすりと眠っている。

ルアーナが十五歳の頃《ころ》、こいつの手を握《にぎ》って一晩過ごした頃と変わらない寝顔《ねがお》だ。

……っ、ルアーナの寝顔をジッと見てしまっていた。

目を逸《そ》らして窓の外を見ようとした時、馬車がガタンと大きく揺れた。

その反動でルアーナが前に傾《かたむ》いて倒れそうに……なったところを、俺は立ち上がって支えた。

はぁ、今の衝撃《しょうげき》でも起きないのかよ、こいつ。

どれだけ疲れが溜まって眠かったのか。

今くらいの揺れはこの後もあるだろうし、その度《たび》に毎回俺が支えるために立ち上がるのは面倒《めんどう》だな。

こいつは起きそうにないし……仕方ない。

俺はルアーナを元の体勢に戻《もど》してから、隣《となり》に座った。

ここだったら支えるのは簡単だ……別に、ルアーナの隣に座りたかったとかではない。

またしばらくすると、馬車が大きく揺れた。

ルアーナは今度は前にではなく左に、俺の方に倒れてきて……俺の肩《かた》に頭を預ける体勢となった。

こ、これは、戻した方がいいのか？

いやだが、この体勢の方が安定しているし、いちいち倒れそうになった時に支えなくても済むか？

俺が迷っていると、ルアーナはさらに俺の方に体重を預けてきた。

「んぅ……あったかい……」

「っ……！」

あったかい、じゃねえよ……！

俺の体温が心地いいのか知らないが、さらに身体《からだ》をくっつけるようにしてきた。

完全に体重を預けてきているから、下手に動けない。

くっ、なんか良い匂《にお》いするし、俺の右半身が熱を持っているんじゃないかというくらいに熱い。

顔にも熱がこもって、赤くなっているのを自分でも感じる。

起こして退《ど》かしたいが、こいつは疲れているだろうし……。

チラッとルアーナの顔を見ると、さっきよりも安心したような顔で眠っている。

それを見て、俺は静かにため息をついた。

仕方ない、このまま寝させるか。

俺も研究で身体を動かしたから、少し眠かったのだが……ルアーナのせいで、全く眠くなくなった。

無邪気《むじゃき》な顔して、無警戒《むけいかい》で寝やがって……俺以外の男には、絶対にやらないようにさせないと。

そう思いながら、俺はルアーナとくっついて馬車に揺られ続けた。

約三十分後、俺達の屋敷に戻ってきたのだが……ルアーナはまだ寝ている。

気持ちよさそうに眠っているが、さすがに起こすか。

俺はルアーナの身体を軽く揺らす。

「おい、起きろ」

「……んぅ」

っ、耳元で小さい声で囁《ささや》かれて、ビクッとしてしまった。

俺は動揺がルアーナに伝わらないように、平静を装《よそお》って起こす。

「着いたぞ、ルアーナ」

「ん、ジーク……」

起きたようだがまだ寝ぼけているのか、隣にいる俺の方を見上げてくる。

くっ、顔が近い……！

寝ぼけた目をパチパチして、少し時間を置いてから、目が見開かれた。

「えっ⁉　ジ、ジーク⁉　な、なんでこんな顔を近づけて……！」

ルアーナは一瞬《いっしゅん》で俺から身体を離《はな》して、顔を真っ赤にして混乱しているようだ。

「落ち着け。顔を近づけてないし、どちらかというとお前から近づけてきたんだ」

「え、えっ、私から？」

「ルアーナが眠って、馬車の揺れで倒《たお》れそうになってたから俺が隣に座って支えようとしたら、お前が俺の方に身体を預けてきたんだ」

「……そ、そっか、馬車で眠ってたんだ」

周りを見て馬車だと確認《かくにん》して、ルアーナはようやく落ち着いた。

だけどまだ恥《は》ずかしいようで顔は少し赤い。

「さ、支えてくれてたんだね、ありがとう」

「……ああ」

少し気まずい雰囲気《ふんいき》が流れたので、俺はその空気を変えるために揶揄《からか》うように話す。

「あと、お前は人前で眠るなよ。寝ていたら人にくっつくような習性があるみたいだからな」

「なっ！　しゅ、習性って、人を動物みたいに言わないでよ。それに人前で眠る機会なんて、そうそうないから」

「まあ、そりゃそうだな」

気まずい雰囲気が霧散《むさん》してから、俺は先に馬車から降りた。

後から降りてくるルアーナのために、手を差し出す。

「ほら、もう夕飯時だ。屋敷で用意してもらっているぞ」

「ええ、わかっているわ」

ルアーナは俺の手を取り、馬車から降りた。

俺達はそのまま屋敷《やしき》へ入ったのだが、俺達を見た執事《しつじ》がすぐに駆《か》けつけてきた。

「ジークハルト様、ルアーナ様、お帰りなさいませ！　申し訳ありませんが、お伝えしないといけないことが……」

「なんだ？」

「その、あるご夫妻がいきなりいらっしゃいまして……面会の約束などもなかったですし、お二人もいなかったので私どもはお断りしたのですが、無理に入ってきてしまって」

「はぁ？　なんだそれは……」

「今は応接室で待っていただいている状態でして……」

俺もルアーナも今日は魔法《まほう》の塔《とう》に行く予定を入れていたので、屋敷に誰《だれ》も呼んでいない。

それなのに、いきなり何の約束もなしにこの屋敷に来て、今も居座っているのか？

なんだそのクソみたいな奴《やつ》らは。

「どこの誰なんだ？」

「アルタミラ伯爵《はくしやく》家のご夫妻です」

「っ、なるほど……」

その名前を聞いて納得《なつとく》と共に、さらなる不快感が押し寄せてきた。

ルアーナを軟禁《なんきん》し続けたようなクズどもなら、人の屋敷にいきなり来て居座るという非常識なことも平気でするだろう。

前の皇宮で開かれた社交パーティーでも思ったが、本当に自分勝手な奴らだ。

隣をチラッと見ると、ルアーナもさすがに驚《おどろ》いていた。

「俺とルアーナを待っていた、ということか？」

「どうやらそのようです」

「そうか、まあそうだろうな……」

社交パーティーでルアーナがディンケル辺境伯家の者だと言った時に、皇帝《こうてい》陛下の目の前でそれに反論してきたような奴だ。

だから今回もそれに関してのことだろう。

ルアーナを五年間も軟禁して、戦いの術《すべ》を何も教えずに辺境伯領の前線に送り出したのに……いまさら「ルアーナはアルタミラ伯爵家の者です」だと？

馬鹿《ばか》にするにもほどがある。

「ルアーナ、どうする？」

「うーん、会わないと帰ってもらえないだろうし、会うしかなさそうね」

「お前が会いたくないなら、俺がぶん殴《なぐ》ってでも追い出すが」

「それはそれで問題になるでしょ？　大丈夫《だいじょうぶ》よ、特にもう何とも思ってないし……ディンケル辺境伯家として、逃《に》げるわけにはいかないわ」

ルアーナが力強い瞳《ひとみ》でそう言った。

俺から見ても怖がっている様子はないし、そこは特に心配はしていない。

ただ不快な思いはしてほしくない、と思っていたが……この様子なら大丈夫か。

「じゃあ行くか」

「ええ」

俺とルアーナは特に着替《きが》えることなく、クズ夫妻が待つという応接室へと向かった。

◆◆◆

今日は本当に楽しくて素晴《すば》らしい日だったのに、面倒《めんどう》なお客が屋敷に来ていた。

まあこれも私が蒔《ま》いた種……なのかしら？

違《ちが》う気もするけど、私に絡《から》んでくる人達だから、私が対応するしかないだろう。

応接室へと入ると、アルタミラ伯爵家の当主夫妻……つまり私のお父様のヘクターと、デレシア夫人がソファに座っていた。

私達の姿を確認した瞬間《しゅんかん》、お父様……アルタミラ伯爵が勢いよく立ち上がった。

「ようやく来たか、ルアーナ！　どれだけ待たせる気だ！」

……はぁ？

この人は何を言っているのだろう？

勝手に辺境伯家のタウンハウスに来て、勝手に居座っているのはそっちなのに。

なんで怒《おこ》られなきゃいけないんだろう？

私が思わず固まってしまっていたら、隣《となり》にいるデレシア夫人も立ち上がった。

「そうよ！　私達を待たせるなんて、なんて生意気になったのかしら⁉」

私が伯爵家にいた頃《ころ》も甲高《かんだか》い声で怒鳴《どな》っていたけど、久しぶりに聞くと頭が痛くなる。

あの頃は怒らせないようにとか、怖《こわ》いとか少し思っていたけど……今はうるさくて非常識な人達、という思いしかない。

私はため息をついてから、ジークと視線を合わせて静かに対面のソファに座った。

「何の用か知りませんが、まずはお座りください」

私が落ち着いた声でそう言うと、二人は癪《しゃく》に障《さわ》ったのかさらに怒鳴ってくる。

「なんだその態度は⁉　謝ろうとも思わんのか⁉」

「偉《えら》そうな態度を取って……！　あなたなんて、ただの婚外子《こんがいし》の平民の小娘《こむすめ》で――」

デレシア夫人の言葉の最中に、隣に座ったジークが魔力を解放して威圧《いあつ》した。

ジークから魔力の圧が放たれ、風が起こったかのようにデレシア夫人の髪《かみ》や、部屋のカーテンが揺《ゆ》れた。

「な、あ……⁉」

「ひぃ……！」

腐《くさ》っても魔法使いの一族であるアルタミラ伯爵家の当主と夫人。

ジークの一瞬だけ放った魔力で、彼がどれだけ強いかわかったのだろう。

辺境伯領の魔物との戦いの前線で、若いながらも最強と言われているのだ。

王都で戦いの場に出たこともないアルタミラ伯爵と夫人じゃ、相手にならない。

「座れ、と言っているのがわからないのか？」

ジークが背もたれに身体《からだ》を預けて、足を組みながらそう言った。

来訪者と話す態度としては最悪だが、威圧感を与《あた》えるためには最適だろう。

二人は一気に静かになって、恐《おそ》る恐るソファに座り直した。

アルタミラ伯爵は萎縮しながらもジークにチラチラ視線を向け、デレシア夫人は顔を真っ青にして目線を逸《そ》らしていた。

「それで、アルタミラ伯爵、デレシア夫人。ディンケル辺境伯家に、何かご用でしょうか？」

私がもう一度そう問いかけると、アルタミラ伯爵も落ち着いて喋《しゃべ》り始める。

「ディ、ディンケル辺境伯家ではなく、お前に用があるのだ、ルアーナ」

「いえ、私はディンケル辺境伯家の者です」

「っ……」

そこは絶対に曲げないし、曲げてはいけないところだ。

私個人に用があると言えば、ディンケル辺境伯家に迷惑《めいわく》をかけていない、なんてことを言われる可能性がある。

だが私はもうアルタミラ伯爵家ではなく、ディンケル辺境伯家の一員。

このまま私に怒号《どごう》をぶつけたり、何かをしたりすれば辺境伯家を敵に回す、ということを暗に釘《くぎ》を刺《さ》しておく。

「そ、それがおかしいのだ！　ルアーナ、お前はアルタミラ伯爵家の一員だろう！」

「え、ええ、その通りだわ。ルアーナは伯爵家の血筋のはずでしょ？」

……やっぱり、それを言ってくるのね。

皇宮での社交パーティーの時も言っていたけど、次は私に直接言ってきたわね。

「確かに私はアルタミラ伯爵家で数年前暮らしていましたが、伯爵家の一員になった覚えは一度もありません」

「っ、お前……！」

「それに、伯爵家の一員として認めなかったのは、そちらでは？」

「くっ……！」

私の言葉に身に覚えがあったのか、一瞬だけ狼狽《うろた》えたアルタミラ伯爵。

しかしすぐにまた反論してくる。

「だ、だが、五年も住まわせていたんだぞ！　何の役にも立たないお前を！　その恩も感じていないのか！」

「そうよ！　婚外子で邪魔者《じゃまもの》だったあんたを育ててあげたのよ！」

その言葉に、やはりこの人達は救えないなと冷静に思った。

私はあの家で五年ほど暮らしていたが、ほとんどの時間を屋根裏の光も差さないような暗い部屋ですごした。

運よく光魔法《まほう》を使えたからよかったものの、光魔法が使えずに暗闇《くらやみ》の中にずっといたら、精神を壊《こわ》していたかもしれない。

「確かに住まわせてもらっていましたが、屋根裏部屋で軟禁されていたような状態です。食事も最低限で十分な量ではなかったですし……平民で実母と暮らしていた時の方が幸せでした」

「平民の暮らしの方が幸せだっただと⁉」

「ええ、もちろん。それくらいの扱《あつか》いをしてきた自覚はないのですか？」

「うっ……！」

さすがにその自覚はあるようで、何も言えないようだ。

平民の暮らしと比較《ひかく》されて侮辱《ぶじょく》されたと思ったようだが、そんな扱いをしていたのはあちらだ。

「だ、だが、お前は私の娘で……！」

「その証拠《しょうこ》はないですし、たとえ証拠があったとしても私が伯爵家《はくしゃく》に戻《もど》ることはありません。私はディンケル辺境伯家の一員としての誇《ほこ》りを持っておりますし、辺境伯家を愛しておりますので」

「っ……」

そこまで私が言うと、アルタミラ伯爵は黙《だま》り込んだ。

「もう話は終わりましたか？　それならお帰りいただきたいのですが」

私がそう言うと、伯爵夫妻の二人は私を睨《にら》んでくるが、何も言えない。

それにしても、まさか辺境伯家のタウンハウスに乗り込んで来てまで、私を取り返そうとするなんて思わなかったわね。

今もまだ諦《あきら》めていないのか、顔をしかめている。

「し、下手に出れば調子に乗って！　あんたはただの婚外子で平民の小娘なのよ！」

デレシア夫人が堪忍袋《かんにんぶくろ》の緒《お》が切れたかのように、立ち上がって叫《さけ》び始める。

ここまで綺麗《きれい》な逆ギレは初めて見たかもしれない。

「あんたは汚《きたな》らしい平民の小娘なんだから、私達に逆らうなんて無礼よ！　平民は平民らしく……！」

「何度も言っていますが、私はディンケル辺境伯家の者です」

「それが間違いだって言っているのよ！　どうせ貧相な身体を使って取り入っただけのく

せに――」

「――おい、今すぐその不快な口を閉じろ」

とんでもなく失礼なことを口走っていたデレシア夫人だが、ジークの言葉と威圧で止まった。

「何を勘違《かんちが》いしているのかわからないが、ルアーナは誰《だれ》にも頼《たよ》らずに努力して実力をつけ、辺境伯領で聖女として認められたんだ。お前みたいなクズがルアーナを侮辱するな」

「ひっ……！」

さっきの魔力の解放は威圧だけだったが、今は殺気も混じっている。

戦《いくさ》の場に出たことすらないデレシア夫人は、顔を真っ青にして倒《たお》れこむようにソファに座り込んだ。

隣に座っているアルタミラ伯爵も直接殺気を浴びてはいないが、同じように顔が真っ青になっていた。

「ジーク、落ち着いて。私は大丈夫《だいじょうぶ》だから」

「……ああ、すまん」

さすがにキレすぎだと思って、ジークに声をかけて落ち着かせる。

ジークも一度深呼吸をして、殺気を抑《おさ》えてくれた。

「もう話は終わったんだろ？　さっさと帰れ」

ジークが虫を払《はら》うように手を振《ふ》って、二人を帰らせようとする。

「……おい、帰れって言うのが聞こえないのか？」

ジークがまた痺《しび》れを切らしたように強く言い放つ。

その言葉にビクッとしてから、アルタミラ伯爵は立ち上がった。

「あ、ああ、今日は帰らせてもらおう」

「今日は、じゃねえよ。もうお前らが来ても、この屋敷《やしき》に入れないからな。今日みたいに勝手に入って居座っていたら、衛兵を呼んで引き渡《わた》す」

「っ……！」

「これ以上、アルタミラ伯爵家の評判が下がるようなことをしない方がいいんじゃないか？」

これ以上？　私は知らないが、アルタミラ伯爵家はそんなに評判が下がっているの？

私が首を傾《かし》げていると、ジークがあちらを煽《あお》るように説明してくれる。

「皇室派閥《はばつ》にいるにもかかわらず、馬鹿息子《ばかむすこ》のグニラが第一皇子に喧嘩《けんか》を売って惨敗《ざんぱい》。娘のエルサは公爵《こうしゃく》家の嫡男《ちゃくなん》と婚約《こんやく》をしたが浮気《うわき》がバレて、事業の契約《けいやく》を全部切られたようだな」

「な、なぜエルサの浮気の件を知っている⁉　情報が漏《も》れないようにして、王都にいる貴族でも知る者は少ないのに……！」

「あー、情報ってのは武器だからな。まあ一つ言えるのは、ディンケル辺境伯家はその情報が漏れる前から知っていた」

「漏れる前から……ま、まさか、公爵家にエルサが浮気していると情報を流したのは……！」

「おっと、喋《しゃべ》りすぎたか？」

ニヤッと笑ったジークを見て、顔を真っ赤にして身体《からだ》を震《ふる》わせているアルタミラ伯爵。

なるほど、私が知らないところで、ディンケル辺境伯家がアルタミラ伯爵家にいろいろとやっていたようだ。

魔石をアルタミラ伯爵家に卸《おろ》さなくなった、というのは聞いていたけど、他《ほか》にもやっていたのね。

「そのせいで、どれだけ私の立場が危《あや》うくなったか……！」

「おいおい、俺達のせいにするのはお門違《かどちが》いだろ？　もともとはそちらの馬鹿娘《ばかむすめ》が浮気なんかするのが悪いんだからな。俺達は親切心で、公爵家にその情報と証拠を渡しただけだ」

「くっ……！」

「それで、前回の社交パーティーで恥《はじ》をかいて……今も裏で皇室に掛《か》け合って、ルアーナをアルタミラ伯爵家に戻そうとしているんだろ？」

「な、なぜそれを……！」

「今のは勘、カマをかけただけだ。見事にひっかかってくれたが」

「っ……！」

おー、見事にボロを出してくれるわね、アルタミラ伯爵は。

あんな大きい社交パーティーで皇帝陛下《こうてい》が「ルアーナはディンケル辺境伯家の者だ」と言ったんだから、裏で皇室に掛け合うのは絶対に無理でしょ。

「それができなかったから、こうしてルアーナに直接声をかけに来たんだろ。もしかして、ルアーナがお前らを恐《おそ》れて伯爵家に戻るとでも思っていたのか？」

ジークは呆《あき》れるように笑いながらそう言った。

私も全く同じ気持ちだ。確かに三年前、軟禁《なんきん》されていた頃《ころ》はこの人達が怖《こわ》かった。

この人達の言うことを聞かないと、死ぬかもしれなかったから。

だけど今は全く怖くないし、興味もない。

「アルタミラ伯爵、デレシア夫人。私はあなた達に五年間ほど軟禁されましたが、そのことに関しては特に怒《おこ》ってもいないですし、もうどうでもいいことです。いや、むしろ感謝しているくらいです」

「か、感謝だと？」

「ええ、軟禁されたことではなく、辺境伯領に送ってくれたことです。そのお陰《かげ》で、私は心の底から愛せる家族に出会えました。それだけは、あなた達に感謝しているのです」

私が笑《え》みを浮《う》かべて言うと、アルタミラ伯爵は口をパクパクするだけで何も言えない。

少し嫌《いや》みを込めて言ったけど、本当に心から思っていることだ。

「だから私はもう、アルタミラ伯爵家に特に何も思っていないのです。五年間軟禁された仕返しをしようとも思っていません」

「な、なら、なぜ辺境伯家が私達の事業だけに魔石を卸さなくなったのだ!?」

「それは私がお願いしたわけじゃないので。ただ私を想《おも》ってくれた家族がやってくれただけで……ふふっ、意外とディンケル辺境伯家は過保護みたいです」

「ル、ルアーナ！　いい加減に……！」

アルタミラ伯爵がまた怒《ど》鳴《な》ろうとしたタイミングで、私も魔力《まりょく》を解放した。

魔法の塔《とう》の魔法使い、ディーサにすら異常な魔力量だと言われた魔力を。

「なっ!?　そ、その魔力は、いったい……！」

ジークみたいに威《い》圧《あつ》をするような魔力の放ち方はしていないが、それでもアルタミラ伯爵は圧倒《あっとう》されているようだ。

魔法の塔の実験で、魔力の解放を何度もした甲斐《かい》があったわね。

「アルタミラ伯爵家に仕返しをするつもりはないですが……これから私やディンケル辺境伯家に手出しをするのであれば、容赦《ようしゃ》するつもりはありません」

「っ……」

「では、お引き取りを」

私は魔力を抑えてから、ニッコリと笑ってそう告げた。

アルタミラ伯爵《はくしゃく》とデレシア夫人はもう何も言うことなく、この屋敷から去っていった。


二人が帰るのを応接室の窓から眺《なが》めたあと、私はため息をついた。

「はぁ、疲《つか》れたわね」

「ああ、お疲れ、ルアーナ」

「ええ、ジークもいろいろとありがとう。だけど殺気を込めて威圧するのはやりすぎじゃない？」

ジークがまさかあんなにキレて殺気を放つとは思ってなかったので、私もビックリした。

私の言葉に少しばつが悪そうな顔をするジーク。

「……まあ、確かにあんなクズ共に本気を出しすぎたかもな。反省も後悔《こうかい》もしていないが」

「まったく……」

だけどまあ、ジークがキレた理由はわかっている。

デレシア夫人が私を侮辱《ぶじょく》するようなことを言ったからで、その言葉を聞いた瞬間《しゅんかん》にジークはキレてしまった。

「ジーク、私のために怒ってくれてありがとう」

「……別に、不快な言葉を聞いていられなかっただけだ」

「ふふっ」

ジークが耳を赤くしながら言った言葉に、私は思わず笑みを零《こぼ》してしまう。

やっぱり辺境伯家の人達は、私に対して過保護のようだ。

◆◆◆

「くそ……もう、何も手がないのか……」

アルタミラ伯爵家の当主、ヘクターは自室で頭を抱《かか》えていた。

ルアーナをアルタミラ伯爵家にまた引き入れるために動いていたが、もう手は全部尽《つ》くしてしまった。

アルタミラ伯爵家が皇室派閥なので、一応皇室に掛け合ってみたが、やはり無理だった。

そして今日、最後の手段としてディンケル辺境伯家の屋敷に向かい、ルアーナを取り戻《もど》そうとした。

しかし、それも無駄足《むだあし》に終わった。

三年前、ルアーナは身長も低くて弱々しく、少し気が強いだけの少女だった。

ヘクターや妻のデレシアのご機嫌《きげん》を窺《うかが》うことが多く、義兄《あに》のグニラと義姉《あね》のエルサにも逆らうことはなかった。

だからデレシアを連れて辺境伯家の屋敷《やしき》に向かったのだが……そこにいたのは、三年前の弱々しいルアーナではなかった。

容姿も成長して、ヘクターから見ても見目麗《みめうるわ》しい令嬢《れいじょう》となっていた。

そしてそれ以上に、ルアーナは強い女性に成長していた。

ヘクターやデレシアが昔のように怒鳴ったりしても、表情一つ変えずに淡々《たんたん》と辺境伯家の令嬢としての対応をしていた。

それだけでも説得は難しいと思っていたが、最後に尋常《じんじょう》じゃない魔力量を見せられた。

魔法使いの一族であるヘクターはその魔力量を感じただけで、ルアーナがとても優秀《ゆうしゅう》な魔法使いだとわかった。

まさかわずか三年であれほど魔法使いとして成長しているとは思わなかった。

辺境伯家の鍛《きた》え方が良かったのか、それともルアーナ自身の才能がすごかったのか。

はたまた、その両方か。

「どちらにしても、もうルアーナは伯爵家に戻ってくることはない……」

あんな優秀な魔法使いに育つと知っていたら、婚外子《こんがいし》だとしてもしっかり娘《むすめ》として育てていたのに。

(もともと伯爵家の所有物だったのに、今はディンケル辺境伯家の所有物となってしまった……最悪だ)

娘のルアーナを物と考える思考がこの結果を生んだというのに、ヘクターは気づくことはない。

ヘクターはもう、ルアーナを取り戻すことを諦《あきら》めた。

(これ以上深追いしても得るものはない……むしろ、傷を増やすだけだ)

伯爵家の当主として、今回の件で理解した。

もともとディンケル辺境伯家はアルタミラ伯爵家よりも上の立場だ。

ディンケル辺境伯家をさらに怒らせてしまったら、取り返しがつかなくなってしまう。

(辺境伯家から魔石が卸《おろ》されないのはキツイが、まだ伯爵家としての地位は保てるくらいの事業は出来ている。これから新しい事業をやって立て直していけばいい)

まだ降爵などされるようなことはないだろう。

妻のデレシアは浪費癖《ろうひへき》があったが、最近は何度も言い聞かせてきたから落ち着いてきた。

今日の出来事、主にジークハルトに殺気を向けられて威圧されたため、部屋でショックを受けて引きこもっている。

立ち直るのにしばらくかかるだろうが、お金を浪費することもないから、ヘクターとしては幸運だった。

それに娘のエルサからありがたい話もあった。

「あいつが他《ほか》の伯爵《はくしやく》家から来ていた婚約《こんやく》話を受けると言ったからな。そこと繋《つな》がって事業を始めれば、まだやり直しがきくだろう」

エルサは公爵家との婚約を破棄《はき》されたが、美人で人気だったので他のところから婚約話がいろいろと来ていた。

だがエルサは「自分に見合う婚約者がいない」と言って、ずっとそれらを断っていた。

先日、何の心変わりがあったのかわからないが、一番条件がいい伯爵家との婚約を選んでくれた。

何もなければ公爵家と繋がりを持てていたから、だいぶ相手の爵位は下がってしまったが、贅沢《ぜいたく》は言えないだろう。

(早めに嫁《とつ》ぎたいと言っていたから、もうすでに準備は進めている。私も出来れば早めがよかったとは思っていたが……なぜあいつはあんなに焦《あせ》るように嫁ごうとしているのか？)

よくわからないが、アルタミラ伯爵家に利益があるので問題ないと考える。

「まあいい。とりあえず、あちらの伯爵家がどんな事業をしているか調べて、こちらと共同の事業を進めるように計画を立てないとな……」

ルアーナ、ディンケル辺境伯家のことは忘れるように、ヘクターは仕事にとりかかった。

――しかし、ヘクターは知らなかった。

アルタミラ伯爵家の長男グニラが、ジークハルトやルアーナに敵対していて、復讐《ふくしゅう》しようとしていることを。

それを知っていたら、まだやることはあっただろうに。

第３章　ダンスパーティー、そして襲撃

以前から練習していたダンス、その成果を披露《ひろう》するダンスパーティー当日。

タウンハウスでパーティー用のドレスに着替《きが》えて、準備完了《かんりょう》だ。

前の社交パーティーで着たドレスよりも動きやすいのは、ダンスをすることが前提だからだろう。

赤が基調で装飾《そうしょく》も綺麗《きれい》で、踊《おど》ったら裾《すそ》の部分がひらひらと舞《ま》うようになっている。

前のドレスよりも動きやすいけど綺麗で、結構好きかも。

準備を手伝ってくれたメイドにお礼を言って部屋を出て、会場まで行く馬車に乗るために屋敷を出る。

すでに馬車の前には私より先に準備を終えた、ジークが待っていた。

ジークも黒と赤を基調にしたスーツを着ていて、赤いマントも纏《まと》って舞踏《ぶとう》会用の衣装だ。

やっぱりジークってスタイルいいし、顔が良いわね。

私が近づいてきたことに気づいたジークが、こちらを見て目を見開いた。

頬《ほお》を赤くして視線を逸《そ》らしたんだけど、なんで？

「お待たせ、ジーク」

「あ、ああ、別に待ってないから大丈夫《だいじょうぶ》だ」

「ジークの服、とても素敵《すてき》ね。すごく似合ってるわ」

「ありがとうな。お前の服も綺麗で……いや」

そこで言葉を止めたジーク。不思議に思って彼の顔を見上げる。

彼は頬を赤く染めて恥《は》ずかしそうに視線を逸らしている。

「どうしたの？」

「っ、服が美しいのはもちろんだが、ルアーナが綺麗だな」

「……えっ⁉」

ジークからそんな直球な褒《ほ》め言葉を言われるとは思っておらず、胸が高鳴って顔が熱くなってしまう。

「き、綺麗？」

「……ああ、綺麗だな」

「っ……そ、その、ありがとう」

ディンケル辺境で戦っていた時も兵士達に、「綺麗」や「可愛《かわい》い」と言われていた。

王都に来てからも貴族の男性に言われていたから、そういう褒め言葉は言われ慣れていると思っていた。

だけどなぜか、ジークにたった一言言われるだけで……いつもよりも嬉《うれ》しくて、恥ずかしくなってしまう。

「い、いきなりそんな真っすぐ褒めるなんて、どうしたの？」

「別に、なんでもない。ただ思ったことを……いや」

ジークは頬をかいて、照れ隠《かく》しなのか先に馬車に乗り込むために私に背を向ける。

「これからいろんな貴族の男に会って、口説き文句を言われるだろうからな。その練習だ」

「むっ……」

「今のくらいで赤面するようじゃ、変な男に騙《だま》されるぞ」

照れ隠しってわかるけど、なかなか言うじゃない。

後ろからでも耳が赤いのがわかるから。

「そうね、今も変な男に騙されるところだったし」

「誰《だれ》が変な男だ」

「あら、ジークとは言ってないじゃない。だけどその変な男には……騙されてもいいかも」

「……はっ？」

私の言葉を聞いて驚《おどろ》いたように振《ふ》り返ったジーク。

最初はジークの目を見つめていた私だが、次第《しだい》に恥ずかしくなってきて目を逸らした。

「じょ、冗談《じょうだん》よ。ジークだって令嬢《れいじょう》に言い寄られることが多いんだから、練習しとかないとでしょ。そのくらいで動揺《どうよう》するようじゃ、全然ダメなんじゃない？」

いつもより早口でそう言うと、ジークが小さく笑い出した。

「くくっ、誘惑《ゆうわく》するほうが恥ずかしがってちゃ世話ないな」

「う、うるさいわね！　私は誰も誘惑しないから、別にいいのよ」

「ああ、そうだな」

ジークが目を細めた優《やさ》しい笑《え》みのまま、私の頭に手を置いた。

「その顔を俺以外の、他の男に見せるなよ。誘惑してるって勘違《かんちが》いさせるからな」

「っ……」

優しい笑みと共にそう言って、ぽんぽんと頭を軽く叩《たた》いてから手を離《はな》した。

な、なによ今の……！

その顔ってのが何なのかわからないし、今のジークの顔の方が女性を落とすような表情してたから！

「うぅ……！」

「ほら、唸《うな》ってないで馬車に乗るぞ。ダンスパーティーまで時間がない」

「ジ、ジークが揶揄《からか》ってきたせいでしょ」

べた。

「はいはい、悪かったよ。ほら」

ジークが悪戯《いたずら》っぽい笑みを浮《う》かべながら、私を馬車にエスコートするように手を差し伸《の》べた。

その姿も様になっていて逆にムカッとしたが、私は大人しくジークの手を取る。

「他の男と踊るなよ、相手の男の足を血だらけにしたいならいいが」

「ジークの足にヒールで風穴開けてやるわ」

「全部避《よ》けるから大丈夫だな」

私達はいつもの喧嘩《けんか》のような会話をしながら、馬車で会場へと向かった。

パーティー会場の中に入ると、とても煌《きら》びやかな会場に圧倒《あっとう》される。

皇宮の会場の方が大きかったが、ここの方が装飾は派手な気がする。

ダンス会場なので演奏用の楽器が多く並んでいて、演奏してくれる人達もすでに準備が完了しているようだ。

「あっ、レベッカ！」

レベッカを見つけて、嬉しくなって彼女に駆《か》け寄る。

彼女の隣《となり》にはエリアス様もいる。

名前を呼ばれて驚いて振り向いたレベッカが、私を見て笑みを浮かべた。

「ルアーナ、お久しぶりです」

「はい、お久しぶりです！　手紙で毎日のようにやり取りはしてましたが」

「ふふっ、そうですね。前のお茶会も一週間ほど前で、そこまで長い間会ってないわけじゃないですからね」

そう言って口に手を当てて美しく笑うレベッカ。

令嬢の中でも彼女はまとっている雰囲気《ふんいき》が、群を抜《ぬ》いて美しい気がする。

友達だから特別に見えているだけかもしれないけど。

「ディーサはやはりパーティーに来ていないんですかね？」

「そうですね、彼女がこのような場に来るのは、皇宮で開かれるようなパーティーだけです。それも来ないこともありますし」

「ふふっ、ディーサらしいですね」

今も魔法《まほう》の塔《とう》で研究を続けているのだろう。

また呼ばれているから、その時に今日のことを話そう。

私と話していたレベッカが、隣にいるジークにも挨拶《あいさつ》をする。

「ジークハルト様も、お久しぶりです」

「はい、お久しぶりです」

「ジーク、久しぶり」

「……」

「無視はひどくないかい？」

「すまんな、ニヤついた顔がイラついた」

「さらにひどいね、いつも通りのジークだけど」

ジークとエリアス様も挨拶が済んだようだ……挨拶だったのかな？

参加者の貴族の方々がそれぞれ挨拶を済ませて、しばらく雑談をしている。

さすがにすぐにダンスをするわけではないようだ。

「ルアーナ、あちらに茶菓子《ちゃがし》などが置いてあるのですが行きませんか？　多くの令嬢が集まっているので、挨拶をしてゆっくりと会話ができますよ」

今回は皇宮の社交パーティーみたいにとても堅いものではなく、ダンスパーティーなので緩《ゆる》い社交の場だ。

だからお菓子なども置いてあって、そこに令嬢が多く集まっているらしい。

「行きたいですが、私はまだ令嬢の方々とちゃんと話せるか不安で……」

「大丈夫です、私がついてますから」

「レベッカ……！」

彼女の頼《たの》もしい言葉に、私はとても感動した。

「ありがとうございます！　レベッカみたいに優しい人と友達になれて、本当に嬉しいです！」

「うっ、満面の笑みが眩《まぶ》しくて上目遣《うわめづか》いが可愛《かわい》い……！」

私よりも少し身長が高いレベッカに視線を合わせてお礼を言うと、レベッカは小さく何かを呟《つぶや》きながら額に手を添《そ》えてクラッと倒《たお》れそうな仕草を見せた。

「私こそ、ルアーナみたいな可愛くて素敵《すてき》な女性と親しくなれて光栄です」

「レベッカにそう言われるのは本当に嬉《うれ》しいです！」

「ふふっ、じゃあ行きましょう。連れて行ってよろしいですよね、ジークハルト様」

レベッカはなぜかジークにそう問いかける。

ジークも少し驚いたように身体《からだ》を震《ふる》わせたが、穢《けが》れのない青年のような笑みを浮かべた。

「ええ、もちろんです。私にルアーナを縛《しば》る権利などないですから」

「ありがとうございます。それと私にはその余所《よそ》行きの笑みは不要です。無駄《むだ》に綺麗《きれい》な笑顔すぎて寒気がしますので」

「……そうっすか」

笑顔の仮面が零《こぼ》れ落ちたように、すんっといつもの仏頂面《ぶっちょうづら》に戻《もど》ったジーク。

レベッカの容赦《ようしゃ》ない言い方に、私は「ふふっ」と声を出して笑ってしまった。

ジークに睨《にら》まれたが、口角が上がったまま戻りはしなかった。

「レベッカ嬢、性格が悪いって言われませんか？」

「言われたことはありませんね。隠していますから」

「エリアスとそっくりで、お似合いですね」

「ありがとうございます、最高の褒《ほ》め言葉です」

「嫌《いや》みですけど」

「知っています」

レベッカ嬢がジークにニッコリと笑ってから、私と顔を合わせた。

「では行きましょうか、ルアーナ。保護者の許可も下りましたし」

「はい！　……ん？　え、いや、ジークは保護者じゃないですよ⁉」

「あら、そうでしたね」

ジークが保護者に見えるくらい、私ってそんなに子どもみたいかしら？

そんなことを思いながらも、私とルアーナは令嬢達がいる場所へと向かった。

◆◆◆

ルアーナとレベッカがいなくなって、また二人で残ったジークハルトとエリアス。

「また二人きりになったね、ジーク」

「その言い方止《や》めろ、鳥肌《とりはだ》が立つ」

「うん、僕もちょっとゾワッとした」

「お前が言ったんだろ」

壁《かべ》の方に寄って、ドリンクを持って壁に背を預けながら話す二人。

まだ音楽は流れないようだが、もうそろそろ始まる雰囲気があった。

貴族の男性が令嬢《れいじょう》に声をかけている姿が多く見られる。

まだ相手がいない男性や女性がいるので、そういう人達がここで声をかけているのだ。

「懐《なつ》かしいなぁ、僕もまだ婚約《こんやく》していない頃《ころ》、レベッカにダンスを申し込んだよ」

「お前から行ったのか、知らなかったな」

「もちろん。女性から声をかけさせるわけにはいかないだろ？　それに、僕が声をかけなかったらレベッカは僕と踊《おど》らなかったよ。彼女は僕に興味なかったからね」

「なるほど、腹黒い同士が最初から仲良かったわけじゃないのか」

「うん、ダンスも婚約も何回も断られているしね」

「そうだったのか」

貴族の中でも最上位の公爵家《こうしゃくけ》、そこの嫡男《ちゃくなん》のエリアスからの誘《さそ》いや婚約を断る令嬢なんて、なかなかいないだろう。

「断られても、さらに激しくアタックしたけどね」

「それはレベッカ嬢も可哀《かわい》そうだったな」

「最終的には彼女も僕を好きになってくれたから、本当によかったよ。ジークも頑張《がんば》りなよ？」

「……ああ、わかってるよ」

エリアスは素直に頷《うなず》いたジークにビックリしたが、成長した子どもを見守るような笑《え》みを浮《う》かべた。

「素直に彼女を褒《ほ》めろ、って前に助言したけど、どうだった？　どうせ君のことだから、今まで素直に褒めたことはないんだろうと思ってたけど」

「まあ、確かに容姿に関しては褒めたことはなかったが」

「やっぱり。だけど容姿以外に褒めたことはあるんだね」

「別に、容姿だけで好きになったわけじゃないからな」

「お、おお……ジークからそんな惚気《のろけ》話を聞かされるとは思わなかったよ」

「惚気てねえよ」

ジークは無意識に言っていたので、少し恥《は》ずかしそうに視線を逸《そ》らした。

「それで、容姿を褒めたのかい？　僕もレベッカと仲良くなるために彼女の容姿を褒めたことがあるんだけど、僕の言葉は全く響《ひび》かなかったよ。まあ僕の腹黒さを知っているから、当然だとは思ったけど」

「お前の話は知らねえよ」

「ふふっ、ごめんごめん。それで、やったのかい？」

「……やったぞ」

「どうだった？」

「……まあ、悪くはなかった」

「そっか、それなら嬉しいけど、ジークが成長して違《ちが》う人になったみたいで寂《さび》しいよ」

「だからお前は俺の親かよ」

「似たようなものだよ」

「違うに決まってるだろアホが」

男二人が壁際《かべぎわ》でそんな会話をしていたが、何人かの令嬢が遠くから見ている。

二人は壁に背を預けて飲み物を飲んでいるだけだが、それが様になっていて令嬢から熱い視線を浴びていた。

そして、ついに一人の令嬢が話しかけに来る。

「エリアス様、ご機嫌《きげん》よう」

「御《ご》令嬢、ご機嫌よう。今日は一段と美しいですね」

「まあ、ありがとうございます、エリアス様」

「……」

褒められた令嬢が頬《ほお》に手を当てて恥ずかしそうにしているが、ジークハルトはその様子を冷めた視線で見ている。

エリアスの言葉に全く心がこもってないとわかるからだ。

一人が話しかけてきたことにより、その後も令嬢が集まってくる。

ジークハルトも仕方なく壁にもたれるのをやめて、令嬢達と話し始める。

彼も令嬢達と話す時は余所行きの笑みを浮かべるので、エリアスのことはあまり言えない。

だがエリアスのように心ない言葉で相手を褒めたりすることはない。

「エリアス様、今宵《こよい》はどなたとダンスをするのでしょうか？」

「もちろん、婚約者のレベッカとしますよ。彼女としないなんて、考えられないですから」

「まあ、素敵です。よろしければ、そのあとに私と一曲踊っていただけませんか？」

それを聞いた時、ジークハルトは（あの令嬢、勇気あるな）と素直に思った。

婚約者がいたら他《ほか》の女性と踊ってはいけない、なんてルールはない。

だがそれでも注目されることは確実だし、エリアスの婚約者のレベッカを挑発《ちょうはつ》しているように見られる。

伯爵《はくしゃく》令嬢のレベッカを敵に回してもいいと思うほど、公爵家嫡男のエリアスは価値がある男なのは確かだ。

　だが今回の場合、敵に回したのはレベッカではなく……。

「──僕が、婚約者のレベッカを放《ほう》って他の令嬢とダンスをする男だとお思いで？」

「えっ……？」

「聞こえませんでしたか？　僕が、レベッカを放って、他の令嬢に現《うつつ》を抜《ぬ》かす男だと？

それは少し心外ですね。ええ、本当に」

「あ、あの、そういうわけでは……」

「ではなぜ僕にダンスのお誘いを？　僕がレベッカを放って他の令嬢と踊る不誠実な男だ
と思ったから、誘ったのでは？」

「ち、違います……！」

　エリアスは全く笑みを崩《くず》していない。

さっきまでダンスを誘った令嬢を褒めていた笑みと、全く同じ表情。

だからこそ、その令嬢は心の底から震《ふる》えた。

「申し訳ありません、エリアス様……！」

「僕は謝ってほしいわけじゃなく……」

「そこまでだ、エリアス」

　まだ追い詰《つ》めようとしていたエリアスを、ジークハルトが肩《かた》に手を置いて落ち着かせる。

「御令嬢、失礼しました。エリアスはレベッカ嬢のことになると、冗談《じょうだん》が通じなくて。彼はレベッカ嬢を愛しているので」

「……そうなんです、僕はレベッカを愛しているので。だからあなたと踊ることは出来ず、申し訳ありません」

「い、いえ、その、こちらこそ申し訳ありません……」

顔面を蒼白にした令嬢は、一礼をしてその場から足早に去った。

周りにいた令嬢も今のやり取りを見て、エリアスを誘えないとわかって離《はな》れていった。

「いやー、ありがとうね、ジーク。あのままだったらあの芋《いも》を泣かせていたよ」

「ほぼ泣きかけていたけどな」

令嬢のことを芋と呼んでいるのを、ジークハルトは突《つ》っ込まなかった。

「このまま僕と一緒《いっしょ》にいると、ジークも令嬢からの誘いをもう受けないかもね。どうする？」

「初めて、お前と一緒にいたいと思えるよ」

「ふふっ、やっぱり？」

エリアスの言葉に、ジークハルトが笑みを浮かべて言う。

「俺もお前と同じで、他の女と踊ることとなんて考えてないからな」

ジークハルトとエリアスに、令嬢の誘いが全く来ないようになっていた時。

ルアーナとレベッカは、いろんな令嬢《れいじょう》と楽しく話していた。

最初はやはり緊張《きんちょう》していたルアーナだったが、レベッカが自然にフォローをして会話の輪に入っていた。

前回はルアーナに話しかけてくる令嬢は、だいたいがジークハルトの話を聞きたがっていた。

だが今ここにいる令嬢達は、すでにダンスの相手が決まっている人が多い。

ジークハルトのことを聞いてくる令嬢はいないので、普通《ふつう》に会話ができた。

人数も数人程度なので名前もすぐ憶《おぼ》えられて、ルアーナは初めて同性で同年代の人達と会話をして楽しんだ。

それもこれも、全部レベッカのお陰《かげ》であった。

「ルアーナ、どうかしましたか？」

レベッカのことを見て心の中でとても感謝していたのだが、ジッと見つめていたのがバレて、首を傾《かし》げながらそう聞かれてしまった。

他の令嬢達もいる中で問いかけられたので、ルアーナに視線が集まる。

「あ、すみません、ただレベッカと友達になれてよかったなと思いまして」

「ん!? い、いきなりですね」

ルアーナの言葉に驚《おどろ》いて目を丸くしたレベッカは、少しだけ頬が赤くなっている。

「こんなにも楽しい時間を過ごせているのは、本当にレベッカのお陰です」

「いえ、私は何もしてませんよ」

「そんなことはないですよ！」

ルアーナはレベッカに満面の笑《え》みで言う。

「社交パーティーの初心者である私が令嬢の方々と楽しく話せているのは、全部レベッカのお陰です！」

「い、いえ、そこまでは……」

「レベッカと友達になれたことが、本当に嬉《うれ》しいです！」

「うっ、ルアーナが真っすぐで可愛《かわい》すぎて辛《つら》い……！」

ルアーナという光にやられて眩《まぶ》しそうにするレベッカ。

周りにいる令嬢達も二人のやり取りを見て、微笑《ほほえ》ましそうにしている。

「ルアーナ嬢は、レベッカ嬢がお好きなのですね」

「はい、大好きです！」

純粋無垢《じゅんすいむく》な笑顔と言葉に、周りの令嬢達も「うっ……」と胸を押さえる。

彼女達も社交パーティーを何度も何度も経験してきて、腹の探《さぐ》り合いのようなことはしてきた。

だが全員が悪者になるわけではなく、ただ捻《ひね》くれた物の見方をするようになっただけ。

だからこそ、ルアーナのような真っすぐな心と純粋に好意を示せる態度が眩しかった。

真っすぐなルアーナを苦手な人ももちろんいるが、ここにいる令嬢達はもうすでにルアーナを好意的に思っていた。

「ルアーナ嬢は、本当に愛らしいですね」

「本当に、どんな育ち方をすればこんな美しい心を保てるのか知りたいです」

「ふふっ、ありがとうございます、皆《みな》さま」

前までのルアーナだったら自分の過去を全部話していたかもしれないが、レベッカに注意されているのでさすがに話さない。

その後も、ルアーナは令嬢達と楽しく話していた。

しばらくすると、会場に音楽が流れ始めた。

「ダンスが始まりますね」

「はい、少し緊張してきました」

ルアーナは練習をしっかりしてきたが、まだ完璧《かんぺき》じゃなくジークハルトとしか踊《おど》れない。

そのことはすでにレベッカに話していて、「ルアーナと踊れないのは残念です」と言われていた。

「大丈夫《だいじょうぶ》ですよ、ジークハルト様とは踊れるのでしょう?」

「多分……まあ最悪、足を踏《ふ》んでもジークなら我慢《がまん》して踊ってくれますね」

「ふふっ、その意気です」

ルアーナはジークハルトとしか踊れないから、他《ほか》の男性の誘《さそ》いは断るしかない。

だがここまで令嬢達で固まっているというのは、すでに相手がいるということを暗に会場の男性達に伝えているのだ。

だから実際に、音楽が流れるまで一回も男性が誘いに来ることはなかった。

しかし——。

「失礼、ルアーナ嬢。今、お話をしてもいいか？」

この令嬢達が集まっている中、一人の男性が近づいてきて、ルアーナに話しかけた。

「はい？」

「っ……！」

ルアーナは不思議そうにその男性を見つめ返すが、レベッカは息を呑《の》んだ。

すぐにその男性が誰《だれ》なのかまだわかっていないであろうルアーナのために、レベッカはスカートの裾《すそ》を持ち、頭を下げて挨拶《あいさつ》をする。

「ミロシュ皇子殿下《でんか》、ご挨拶申し上げます」

「えっ……！」

ミロシュ・バン・バルテルス、この帝国《ていこく》の第二皇子だ。

とても優秀《ゆうしゅう》で次期皇太子と名高く、容姿も赤髪《がみ》で男性にしては少し長いが、端整《たんせい》な顔立ちに似合っていて薔薇《ばら》のような鋭《するど》い美しさを持つ男性である。

婚約者《こんやく》や相手がいる令嬢ですら、ミロシュの容姿に魅了《みりょう》されて潤《うる》んだ瞳《ひとみ》で見ている。

そんな第二皇子が、なぜかルアーナに話しかけてきた。

「ああ、レベッカ嬢。久しぶりだ、エリアスとは仲良くしているか？」

「はい、お陰様で」

「それならよかった」

ミロシュはとても社交的で、レベッカよりも身分の低い令嬢や令息でも気軽に接してくれる人だ。

だがレベッカはこの皇子殿下ほど、何を考えているかわからない男性はいないと思っていた。

「あ、あの、ミロシュ皇子殿下、お初にお目にかかります。ルアーナ・チル・ディンケルです」

皇子殿下ということで緊張しながらも、ルアーナがレベッカと同じように挨拶をした。

「ああ、知っているよ、ルアーナ嬢。特別褒章《ほうしょう》は長らく女性には授与《じゅよ》されてこなかったから、君のことは気になっていた」

「こ、光栄でございます、皇子殿下」

「この後、時間はあるか？　特別褒章を授与された優秀なルアーナ嬢と、仲を深めたいと思ってな」

「え、えっと……！」

ルアーナは混乱したようにあたふたしている。

まさか帝国の皇子に話しかけられるとは思っていなかったから、その対応の仕方がわからない。

もちろんレベッカもこんな状況《じょうきょう》を想定していなかったので、教えているわけがない。

ルアーナを助けてあげたいが、全く関係ないレベッカがここで割って入るわけにはいかない。

レベッカは歯がゆい思いを抱《いだ》いて、ルアーナを見守るしかなかった。

◆
◆
◆

どうしよう、本当にどうすればいいの？

私は人生の中で、一番混乱していた。

さっきまでレベッカと他の令嬢《れいじょう》達と楽しく話していたのに。

私は帝国の皇子というミロシュ皇子殿下に話しかけられて、とても戸惑《とまど》っていた。

周りにいる令嬢や、レベッカも話さずに私とミロシュ皇子殿下のことを見ている。

なんでミロシュ皇子殿下は、私に話しかけに来たのだろう？

よくわからないのだが、今は理由を考えている場合じゃない。

「ああ、そういえばここはダンス会場だったな。ならばルアーナ嬢、私と踊ってくれるか？」

「っ……！」

あっ、ヤバい……一番恐《おそ》れていたことを言われてしまった。

私はジーク以外と踊ると、必ずと言ってもいいほど足を踏むくらいにダンスが下手だ。

だから男性から誘いを受けても絶対に断ろうと思っていた。

今までは令嬢の方々と一緒《いっしょ》にいるからか、誰にも誘われなかった。

しかし今、最も断りづらい男性から誘われてしまった……！

「そ、その……私はダンスが下手で、皇子殿下にご迷惑《めいわく》をかけてしまうかと……」

いや、迷惑どころか怪我《けが》をさせてしまうんだけど。

「そのくらいは大丈夫だ、上手《うま》く出来ない女性をリードするのもダンスの一興だろう」

皇子殿下は笑みを浮《う》かべてそう言ってくれた。

ほ、本当にどうしよう。

男性からの誘いは断ろうと思っていたのだけど、皇子殿下の誘いって断ってもいいの？

不敬罪とかにならない？

だけど足を踏んで怪我をさせるほうが重罪になる可能性があるわよね？

それなら断った方が……いやだけど、私がダンスがそこまで下手だってことは隠《かく》した方がいいってレベッカに言われたし……。

「ルアーナ嬢？」

皇子殿下が私に手を差し出して、ダンスに誘ってくる。

これはもう、受けないといけないのかしら……？

そう思って、手を伸《の》ばしかけた時――横からいきなり出てきた手に、私の手は摑《つか》まれた。

「えっ？」

ビックリして声を上げて、私の手を摑んだ人を見ると……。

「ジーク……！」

私のダンスの相手を唯一《ゆいいつ》務められる、ジークがいた。

ジークは私の手を摑みながら、一瞬《いっしゅん》だけ私と視線を合わせた。

なんとなくその視線だけで、「任せろ」と言われた感じがした。

「ミロシュ皇子殿下、ご挨拶申し上げます。ジークハルトです」

「ああ、ジークハルト。ルアーナ嬢と共に特別褒章を授与されていたな。おめでとう」

「知っていただいて光栄です、殿下」

皇子殿下もジークも笑《え》みを浮かべて会話をしているのだが、雰囲気《ふんいき》はとても刺々《とげとげ》しい。

お互《たが》いに相手を敵視しているような感じだ。

なぜそんな雰囲気になっているのかわからないけど、ジークは皇子殿下を相手にそんな態度を取ってもいいの？

「しかしジークハルト、少し不躾《ぶしつけ》ではないか？」

「何がでしょうか」

「一人の男が女性を口説いているというのに、そこに割って入ってくるなんて」

えっ、私、口説かれていたの？

ただダンスの誘《さそ》いを受けただけだと思うけど。

「邪魔《じゃま》をしたつもりはありません。ただ私は、自分のダンス相手を迎《むか》えに来ただけです」

「ほう？　ルアーナ嬢のダンス相手は、君なのか」

ミロシュ皇子殿下は笑みを浮かべたまま目を細めて、ジークを睨《にら》んでいるかのようだ。

「はい、割って入ったことは申し訳ありませんが、不躾なのは皇子殿下のほうかと」

ちょ、ジーク、そんなことを言っていいの⁉

ジークの顔を見上げると、彼も皇子殿下と同じように笑みを浮かべているのだが、目は睨んでいる感じだ。

周りの令嬢やレベッカもジークの言葉を聞いて、息を呑んだのがわかった。

全員が次の皇子殿下の言動を見守っていたが……皇子殿下は、笑った。

「ふふっ、確かにそうか。相手がいる女性を口説いて不躾なことをしていたのは、私のほうだな。悪かったよ、ジークハルト」

「いえ、わかっていただけたならよかったです」

「ルアーナ嬢も悪かった。私は皇子だから、断りにくかっただろう」

「あっ、いえ、そんなことは……」

いきなり話を振《ふ》られたからなんと言えばいいかわからず、曖昧《あいまい》な返答をしてしまった。

「ただルアーナ嬢、私はあなたに興味がある。またいずれ、話す機会をもらえると嬉《うれ》しい。その時はジークハルト、君もいて構わない」

私に興味がある？

どういうことなのかわからないけど、ここまで言われて断るわけにはいかないだろう。

ジークと視線を合わせて、軽く頷《うなず》く。

「……かしこまりました、殿下《でんか》。それならば問題ないでしょう」

「感謝するよ、ジークハルト、ルアーナ嬢。それでは邪魔者は退散しよう、よい夜を」

皇子殿下はそう言って立ち去った。

その後ろ姿もとても様になっていて、さすが皇子って感じね。

私は皇子殿下が去って姿が見えなくなると、安心をして一息ついた。

「ふぅ……すごく緊張《きんちょう》したわ」

「ルアーナ、大丈夫《だいじょうぶ》でしたか？」

レベッカが近寄ってきて、心配そうに声をかけてくれる。

「すみません、あれは私が助けるのは難しくて……」

「いえ、大丈夫ですよ、レベッカ。ジークのお陰《かげ》でなんとかなりましたので」

「くっ、ルアーナのことは全部私が助けてあげたかった……！」

レベッカはなぜかジークのことを睨み、ジークは余裕《よゆう》の笑みを浮かべていた。

「レベッカ嬢、仕方ないですよ。あなたではどうすることもできなかったので」

「……そうですね。ジークハルト様、とてもいいタイミングで来てくれました。まるでこちらをずっと見ていたかのようでした、ええ」

「音楽が流れてからルアーナを捜《さが》していたら、このタイミングだっただけです。ずっと見ていたわけじゃないですから」

「ええ、そういうことにしておきましょう」

なんで二人は笑みを浮かべたまま、ギスギスした雰囲気を出せるんだろう？

私には絶対に無理だわ。

「まあ、レベッカ嬢は置いておいて」

「失礼ですね、ジークハルト様」

レベッカを相手にせず、ジークは私の方を見た。

「ルアーナ、いくぞ」

ジークがそう言って、まだ繋《つな》いでいた手を軽く引っ張って会場の中を歩かされる。

「えっ、もう踊《おど》るの？」

「殿下からの誘いを断って、注目されているだろ？」

「……まあそうね」

皇子殿下が来てからも注目されていたが、誘いを断ってから周りの人達が全員、私とジークを見ている気がした。

「あんなに注目されたのなら、もう踊るしかないだろ？」

「人生初めてのダンスを、こんなに注目されて踊るの？」

「お前が殿下にダンスに誘われたのが悪い」

「そんな理《り》不《ふ》尽《じん》な⁉　私はただ普《ふ》通《つう》に喋《しゃべ》っていただけよ」

「……そうかよ」

ジークは私の手を軽く引っ張りながら歩いているのだが、そっぽを向いている。

あれ、なんだか拗《す》ねてる？　なんで？

そう思いながらも、会場の真ん中のダンスを踊る場所まで来た。

一度ジークが私の手を離《はな》し、私の目の前に立って手を差《さ》し伸べた。

この手を取って、これからダンスが始まるのだ。

あっ、そういえばさっき、ジークが私の手を取って助けてくれなかったら、あのまま皇子殿下と踊っていたかもしれない。

「ジーク」

「なんだ」

「さっきは助けてくれて、ありがとうね」

まだ言ってなかったお礼を言ってから、ジークの手を摑んだ。

ジークは一瞬だけ固まっていたが、頰《ほお》を赤くして少し顔を逸《そ》らした。

「卑怯《ひきょう》だな、お前は……」

「えっ、何が？」

「なんでもない。ほら、踊るぞ」

ジークが私の手を引っ張り、私は彼の胸元《むなもと》に導かれる。

彼の両手を握《にぎ》って、曲に合わせて踊り始める。

これほど注目されているので、やはり最初は緊張していたのだが。

「おい、テンポが速いぞ。もっと曲に合わせろって」

「う、うるさいわね。この曲聞くのも初めてなんだから、合わせるのは無理よ」

「俺も初めてだよ。何年も踊ってないとダンスの曲も知らないのが増えるからな」

「それでよく踊れるわね」

「慣れだな。しょうがない、曲に合わせるんじゃなくて、俺に合わせろ」

「わかったわ。前みたいにアドリブでやらないでよ？」

「それはどうかな」

うわー、意地悪な顔してる。

まあ曲に合わせるんじゃなくて、ジークに合わせるなら多少アドリブで踊られても問題ないわね。

それにジークに合わせるために彼の顔を見上げていると、周りの目を気にしないようになる。

これはいいわね、ジークの顔を見るのに集中しよう。

「っ……あまり俺の顔を見つめるな」

「えっ、なんでよ」

なぜか顔を見るなと、視線を逸らしながら言われた。

「ジークの顔を見てないと安心して踊れないから。気になるならジークが違《ちが》う方向を見ててよ」

「……いや、やはり問題ない。俺も負けないように、ルアーナの顔を見ればいいのだから」

負けないようにって何？

よくわからないけど、私もジークの顔を見つめながら踊る。

くっついて踊っているのでいつもよりも近い距離《きょり》で、ジークの表情も……普段《ふだん》よりも、どこか魅力《みりょく》的に見えてしまう。

ダンスパーティーだからか、一緒《いっしょ》に踊っているからか。

私も少し恥《は》ずかしくなって、視線を逸らしてしまう。

「なんだ、ルアーナ。お前も逸らしてるじゃないか」

「し、下を向いて足の位置をちょっと確認《かくにん》しただけよ」

「ふっ、そうか」

なんだかさっきまで余裕がなかったジークが、私の態度を見て余裕を取り戻《もど》した感があって腹が立つわ。

次は私も視線を逸らさないように、負けないようにしないと。

「……」

「……」

私とジークは視線を合わせたまま曲に合わせて、相手に合わせて踊っていく。

こんなにも見つめ合っていると、本当に周りが見えずに私達二人だけがこの会場を支配しているかのようだ。

視線を合わせていればジークが次にどう動くかもわかる。

彼も慣れてきたのか、いきなりアドリブで激しく動いてきたりもした。

しかしそれに私は合わせて、お返しに私もアドリブで動く。

ジークも簡単に合わせてくるので、それが楽しくなってさらにお互《たが》いに仕《し》掛《か》けていく。

「ふふっ」

「ははっ」

お互いに視線を合わせたまま、笑った。

とても楽しいわね、ダンスって。

だけどこれはジークとじゃないと、味わえない楽しさ。

レベッカと一緒に踊っても、ここまで踊れないだろう。

やっぱりジークって、私の特別だ。

そう認識した、十分ほどのダンスだった。

曲が終わってダンスを止《や》めると、途《と》端《たん》に会場中から大きな拍手《はくしゅ》が鳴り響《ひび》いた。

ビックリして周りを見ると、ほとんどの人達が私とジークの方を見ていたようだった。

「とても素晴《すば》らしかった！」

「息がぴったりで、見ていて本当に感動しました！」

そんな声が聞こえてきて、私は恥ずかしくなって軽く一礼をしてから、ジークを連れて
レベッカのもとへ戻った。隣《となり》にはエリアス様もいる。

「ルアーナ、とてもお上手でしたよ。まるで女神のようでした」

「あ、ありがとうございます、レベッカ。だけどダンスをこういう場で踊るのは初めてでしたので、そこまでではないと思いますが……」

「いいえ、皇子殿下《でんか》の件で注目を浴びていたのもありますが、ここまで拍手をされるのは本当に珍《めずら》しいですよ」

「そ、そうなんですか？」

「はい、だから自信を持ってください」

レベッカに言われると、とても自信が湧《わ》いてくる。

確かに、練習よりも上手《うま》く出来ていたような気もする。

「ありがとうございます、レベッカ！」

「はい！　本当に素晴らしかったです！」

「ありがとうございます、レベッカ嬢」

「……ジークハルト様に言ったつもりはありませんが」

「反応が違いすぎませんか？」

私には満面の笑《え》みで褒《ほ》めてくれたのに、ジークには冷たい雰囲気《ふんいき》のレベッカ。

「俺がルアーナの相手だったからですか？」

「くっ、本当なら私が一緒に踊りたいのですが、ルアーナはジークハルト様じゃないとあのダンスは出来ないのが……！」

「す、すみません、レベッカ。これから精進します」

「あ、ルアーナを責めているわけじゃありませんよ。ただジークハルト様のお陰《かげ》でルアーナの美しい踊りを見られたことを認めるのが悔《くや》しいだけです」

「あんた、ルアーナのこと好きすぎるでしょ」

「ジークハルト様に言われたくはありませんが？」

「……」

いきなり黙《だま》り込んだジーク。

口喧嘩《くちげんか》でジークが負けを認めたってことかしら？　そんなに返しづらい言葉だった？

よくわからないけど、レベッカに好かれているのはとても嬉《うれ》しいわ。

「それと……いつまで手を繋《つな》いでいらっしゃるのですか？」

「えっ、あ……！」

レベッカに言われて、私はジークと手を繋いだままこっちに来たことを認識した。

気づいた瞬間《しゅんかん》に恥ずかしくなって、すぐにパッと離《はな》した。

「……ご、ごめん、ジーク」

「……いや、別に大丈夫《だいじょうぶ》だが」

なんだかジークとの間に気まずい雰囲気が流れてしまう。

「くぅ……ルアーナの幸せを考えるんだったら、邪魔《じゃま》しない方がいいのかしら？　だけど天使のように純粋無垢《じゅんすいむく》なルアーナを、ジークハルト様に任せるのは……！」

隣でなぜか苦悩《くのう》している様子のレベッカ。

エリアス様はレベッカの隣で楽しそうに笑っている。

「ふふっ、楽しく踊れたのなら一番ですよ、ジークもルアーナ嬢《じょう》も」

「はい、それはもちろん。楽しかったです」

「それはよかったです。ジークも、楽しかったんだよね？」

エリアス様が確認するようにそう聞くと、ジークは少しイラついたようにエリアス様のことを睨《にら》むが……。

「楽しかったよ。今までのダンスパーティーの中で、一番な」

ジークの言葉を聞いて、私の口角も無意識に上がってしまう。

そっか、ジークも楽しかったなら、私も嬉しい。

「また踊ろうね、ジーク」

「……機会があればな」

ジークのいつも通りの素直《すなお》じゃない返答に、私はより一層笑みを深めた。

その後、ダンスパーティーが終わるまで、私は誰《だれ》とも踊らなかった。

レベッカに「試《ため》しに踊ってみませんか？」と言われたが、絶対に首を縦に振《ふ》らなかった。怪我《けが》をさせてしまうだろうし、みんなの前で恥《はじ》をかかせてしまう可能性が高い。

踊りたいと言ってくれるのはありがたいので、もっと私が上手くなったら踊ると約束をした。

レベッカ以外に私をダンスに誘《さそ》ってくれる人は、男性も女性もいなかった。

普通《ふつう》ならばもっと誘われてもおかしくないらしい。

だがレベッカ曰《いわ》く、すでに皇子殿下を断っているのが知れ渡《わた》っているので、誰が誘っても結果は見えていると思われていたようだ。

断るのも大変だったと思うので、そこは皇子殿下に感謝しないとね。

ジークとのダンスが終わった後は適当にジーク達と話し、それからレベッカと一緒に令嬢達と話したりと、とても楽しい時間を過ごした。

そんな楽しいパーティーも終わり、会場を出て馬車に乗る前までレベッカと話していた。

「今日は楽しかったです！　レベッカのお陰でいろんな令嬢の方と話せました！」

「それはよかったです。今度はあの方達とお茶会を開くのもいいかもしれませんね」

「ですね！」

そこでレベッカとエリアス様を迎《むか》えに来た馬車が来たようで、私とレベッカはまた手紙を送ることを約束して別れた。

ジークとエリアス様も何か話しているようだが、私には聞こえなかった。

二人の馬車が去った後、私とジークがその場に残って迎えの馬車を待つ。

すぐにディンケル辺境伯家の紋章《もんしょう》が入った馬車が来たので、私は乗ろうとするが……。

「？　どうしたの、ジーク」

「……いや」

ジークが馬車に乗るのを一瞬だけ躊躇《ためら》った。

チラッと御者席《ぎょしゃ》に座る人を見る。

「おい」

「は、はい？」

「お前、誰だ？　いつもの御者はどうした？」

ジークがそう言ったので、私も確認《かくにん》すると確かにいつもの人と違《ちが》う。

マントを着ていてフードを深く被《かぶ》っていて、顔が見えづらいけど。

「えっと、その方が具合が悪くなったようで、急遽《きゅうきょ》私が御者を頼《たの》まれたのです」

「……そうか」

「は、はい。私も馬車の扱《あつか》いは慣れているので、どうかご安心を」

「ああ」

ジークは納得《なっとく》したようで、馬車に乗り込んだ。

私も一緒《いっしょ》に馬車に乗り込むと、馬車が動き始める。特にいつもと変わらない、揺《ゆ》れずに乗り心地《ごこち》がいい感じだ。

何か違和感《いわかん》を覚えたけど、私はすぐにそれを忘れてしまう。

「パーティー、とっても楽しかったわね！」

「そうか、それならよかったな」

パーティーのことを思い出して、ジークにいろんな感想を伝えていたから。

「前の社交パーティーはとっても堅《かた》い雰囲気だったし楽しむ余裕《よゆう》はなかったけれど、今回はいろんな令嬢と話せてダンスも楽しかった！　それも全部レベッカのお陰だし、本当に彼女と出会えて友達になれたことは幸運だわ！　今度お礼をしたいのだけど、何をすればいいかしら？」

「ダンスでも練習して一緒に踊ればいいんじゃないか」

「それでお礼になるかしら？　私も一緒に踊りたいし、恩を返しているわけじゃないと思うのよね。何か贈《おく》り物をしたいわ。前にお茶会も開いていただいたし、紅茶でも送ろうかしら？」

「それがいいかもな」

「そうよね！　今日仲良くなった令嬢の方々もすごくいい人ばかりで、もっと仲良くなりたいわ。私からお茶会を開いて誘ったりとか……」

その後もダンスや楽しかったことを次々に語っていく。

ハッと気づくと、目の前に座っているジークが、目を細めて微笑《ほほえ》ましそうに私を見ていた。

「な、なによ、その顔は」

「ん？　その顔って、どんな顔のことだ？」

「……子どもがはしゃいで遊んで帰ってきて、楽しかったことを話されて、それを優《やさ》しく見守る保護者のような顔のことよ」

「いやに具体的だな。そういう感情であることは間違いないが」

くぅ、自分で言っておきながら恥《は》ずかしい……！

確かにはしゃいでジークにいろいろと話していたが、まさかそんな表情をされるとは。

レベッカにジークが保護者のようだ、と言われたが、今は否定できない。

私はジークから顔を逸《そ》らして馬車の窓から外を見る。

外はもう完全に日が暮れていて、王都の街並みが少しだけ見えた。

家々から漏れ出る灯りや街灯などで、色鮮《いろあざ》やかに街が光っている。

その街並みを見て落ち着いたのだが、同時に少し感慨《かんがい》深くなってきた。

私は数年前まで、この光景を見ることさえできなかったのだ。

この王都には暮らしていた、アルタミラ伯爵《はくしやく》家の屋敷《やしき》に。

だけど私がずっといたのは屋根裏部屋で、窓もなければ灯《あか》りを付ける道具さえなかった。暗闇《くらやみ》の中、自分の光魔法《まほう》だけを見ていた。

あの時に光魔法を意図せずに練習していたから、ディンケル辺境に行っても活躍《かつやく》できた。

辛《つら》かったけど、無駄《むだ》ではなかった時間だ。

ディンケル辺境伯家で家族が出来て、王都に戻《もど》ってきて友達もできた。

私は今、とても幸せだ。

「どうした、仏頂面《ぶっちょうづら》をしてたと思ったら、いきなり外を見てニヤついて」

「ニヤつくって言い方やめてよ、変人みたいじゃない」

「街の光景を見ていきなり笑うやつは変だろ」

「街を見て昔のことを思い出しただけよ」

「……そうか」

ジークは私がどんな子ども時代を過ごしたのか知っている。

だから少し気まずいような空気が流れたが、私はふっと笑う。

「大丈夫《だいじょうぶ》よ、嫌《いや》な気持ちになったわけじゃないから。嫌な気持ちになって笑うのなんて、それこそ変人じゃない」

「確かにな」

「昔と違って、今はすごく幸せだなって思ったのよ。ディンケル辺境伯家の家族になれて、王都に来て初めての女性の友達が出来て」

昔の自分に見せてあげたい、こんなに幸せになれるって。

「お前が大袈裟《おおげさ》に言う幸せってのは、普通《ふつう》に生きてれば手に入るものなんだけどな」

「普通に生きるってのが幸せなのよ。家族と一緒にご飯を食べて、友達と話して、暖かいベッドで眠《ねむ》って」

「……それなら、その幸せは絶対に続かせてやるからな」

「ふふっ、嬉《うれ》しいこと言うわね、ジーク。じゃあこれからも家族として、ずっと一緒にご飯を食べてくれる？」

「……そうだな」

私の言葉にジークは一瞬《いっしゅん》だけ目を見開き、少し考える素振《そぶ》りをした。

そして何か決意したかのように目を一度瞑《つむ》ってから、私と視線を合わせる。

「ルアーナ」

「なに？」

「俺もお前が母上を救ってくれたことで、普通の幸せの大事さを思い出した。だが俺は欲《よく》深《ぶか》いようで、それ以上の幸せを望んでしまう」

「それ以上？」

「ああ、そうだ……」

ジークはどこか艶《つや》のある表情で、私を見つめていた。

「それ以上の幸せってのは、ルアーナ……お前と今以上の関係になるってことだ」

「今以上の関係って……？」

ジークの表情と言葉を聞いて、私はなぜか緊張《きんちょう》してしまった。

少し震《ふる》えた声で問いかける。

「その、家族なんだから、それ以上の関係なんてないと思うけど？」

「……まあ、そうだな。家族以上の関係は、ないだろう」

「そ、そうよね」

「だが、今の兄のような妹のような関係じゃ、終わらせない」

私が姉でジークが弟よ、なんて軽口も叩《たた》けない雰囲気《ふんいき》。

ジークがふっと笑い、座っている私の手を静かに取った。

「っ……！」

「これからだ――覚悟《かくご》しておけよ、ルアーナ。俺は今の関係じゃ、満足できてないからな」

ジークはそう言い放ち、私の手の甲《こう》に唇《くちびる》を落とした。

い、今のって、どういう意味？

なにこれ、心臓の音が耳にまで聞こえてきて、顔に熱が上っていく。

ジークに「今のどういう意味よ」と声をかけたいのだが、ドキドキして全く出来ない。

そんなタイミングで、馬車が停《と》まって揺れが止まった。

「や、屋敷に着いたようね」

「ああ、そうだな。でも少し早い気が……っ！」

ジークが何か続きを喋《しゃべ》ろうとした時、窓の外を見て目を見開いた。

「どうしたの？」

「ここはどこだ？　なぜ馬車は停まったんだ？」

「えっ？」

そういえばジークの言う通り、まだタウンハウスに着くには早すぎる。

私も窓の外を見たが……さっきまで見ていた街の光はなく、真っ暗な世界が広がっていた。

ジークが窓を開けて、御者席《ぎょしゃ》の方に向かって頭を出しながら喋る。

「おい、なんでここで停まって……チッ」

しかし舌打ちをして言葉を止めて、車内に頭を戻した。

「ジーク？」

「御者がいねえ」

「えっ⁉」

思ってもみなかった言葉に声を上げてしまう。

ジークが馬車のドアを開けて降りたので、私も続いて降りる。

御者席の方まで回ったが、確かに御者の姿が見当たらなかった。

「えっ、なんでいないのかしら？　もしかしてお手洗い？」

「そんなわけねえだろ。嵌《は》められたんだよ」

「嵌められた？　誰《だれ》に？」

「わからんが、こんな路地裏に連れ込まれたんだ。さぞかし俺達を恨《うら》んでいるような奴《やつ》だろうな」

周りを見回すと、ジークの言う通りここは路地裏のようだ。

馬車が通るくらいなので道としては大きいけど、街灯がほとんどないのでとても暗い。

「ジーク、光球を出したほうがいい？」

「ああ……っ！　ルアーナ！」

私が魔法を発動しようとした時、ジークがいきなり私の腕《うで》を掴《つか》んで引き寄せた。

ジークの懐《ふところ》にすっぽりと入って、覆《おお》い隠《かく》される体勢……いや、何かから守られるような体勢だ。

「ぐっ……！」

「ジーク、どうしたの⁉」

「弓矢だ！　どっかから飛んできやがった……！」

「っ……！」

ジークの懐から出て彼の身体《からだ》を見ると、右肩《みぎかた》に深々と矢が刺《さ》さっていた。

「すぐに回復を……！」

「待てルアーナ、まずは光球を出して周りを照らしてくれ」

「っ、わかったわ！」

周りに弓矢を放った者がいるから、まずはその人物を見つけないといけない。

私はジークに言われてすぐに光球を出して、辺りを照らすように打ち上げた。

するとあたりが一気に明るくなり、周りの状況《じょうきょう》が確認《かくにん》できたが……。

「っ、ジーク」

「やっぱり、囲まれていたみたいだな……」

私達の馬車を中心に、十数人の人達が武装して囲っていた。

いきなり眩《まぶ》しくなったので「なんだこれは⁉」と口々に呟《つぶや》いている。

その隙《すき》にジークは肩から矢を抜《ぬ》いて、私は回復魔法《まほう》を使う。

「ぐっ……！」

「大丈夫？」

「ああ、かすり傷だ」

どう見ても深く刺さっているけど……でもジークらしい強がりだ。

この傷なら数十秒で治るだろう。

ジークの顔色を見ると、矢先に毒も塗《ぬ》られていた？

だけどこの即効《そっこう》性から見て魔毒ではないし、致死《ちし》性が高いものでもなさそうだから、普通の回復魔法で十分に毒も取り除けるだろう。

その間に周りから攻撃《こうげき》が来たら中断するしかないけど……。

「どうやら、俺達に恨みを持った奴はあいつのようだ」

ジークがそう言いながら前の方を睨《にら》んでいるので、私もそちらを見る。

そこにいたのは……。

「っ、グニラお義兄《にい》様……！」

「……バレたか。まあ、お前は光を出せるみたいだから、想定していたがな」

黒いマントに身を包んだグニラお義兄様が立っていた。

その後ろには弓を持っている男性がいて、おそらくその人が弓矢を放ってきたのだろう。

そして周りには剣《けん》を持っている人が十数人……闇討《やみう》ちを狙《ねら》ったようだ。

「グニラお義兄様、どうしてこんなことを……！」

「あっ？　どうしてだと？」

私が時間を稼《かせ》ぐために問いかけると、グニラお義兄様がまたいつものように怒鳴《どな》る。

「てめえらが、俺に舐《な》めた真似《まね》しやがったからだろうが！」

「皇宮でのことですか？　あれはグニラお義兄様から仕掛《しか》けてきたのですから、正当防衛で……」

「正当防衛なんてどうでもいいんだよ！　ただお前みたいな婚外子《こんがいし》のゴミが、俺に逆らったことが癪《しゃく》に障《さわ》るんだ！」

これは、もう何を言っても説得などは無理だろう。

闇討ちを仕掛けてきている時点で、説得は無駄《むだ》だとわかっていたけど。

「それで、傭兵《ようへい》を雇《やと》って闇討ちですか？」

「前はそいつが不意打ちで俺の顔面にパンチを入れてきたからな。これで平等だろう？」

そいつというのはジークのことね。

前はグニラお義兄様の目を私の光で潰《つぶ》した後、お義兄様が炎魔法《ほのおまほう》を適当に放ち始めたので、ジークが炎を潜《くぐ》り抜けて殴り倒したのだった。

確かに不意打ちだったかもしれないけど、今みたいに殺しにいったわけではない。

あくまでも正当防衛で、やりすぎでもなかった。

「こんなことをして、衛兵にバレたらどうなるかわかっているのですか？」

「はっ、バレる？　ルアーナ、お前はここから生きて帰れると思っているのか？」

グニラお義兄様の言葉で、私達の周りを傭兵達が囲む。

人数は十三人、お兄様の後ろにいる弓使いを入れて傭兵は全部で十四人か。

「そいつに刺さった弓には毒が塗ってある。致死性はないが、麻痺《まひ》毒で魔物でも動けなくなるようなやつだ！　だからもうそいつは動けねえし、たとえ動けてもこの人数じゃ無理だっただろうな」

「……なぜ麻痺毒にしたんですか？　致死性があるやつにした方がいいと思うのですが」

「はっ、そんなの動けなくなったところを甚振《いたぶ》るために決まっているだろ？　てめえもだ、ルアーナ。俺は興味ねえが、てめえが動けなくなるまで甚振った後、身包《みぐる》みを剥《は》いでこの傭兵達に……」

「その汚《きたな》い口を閉じろ、クズが」

グニラお義兄様の言葉をジークが遮《さえぎ》って、そのまま立ち上がって睨みつける。

ジークが立ち上がり睨んだことでビクッとするお義兄様だけど、すぐに憎《にく》たらしく笑う。

「ははっ、よく立ち上がったな！　魔物でも動けない麻痺毒なのに、たいしたものだ！」

「……そうか、まあ麻痺毒でも致死性の毒でも、関係なかったが」

「はぁ？」

ジークは自分に刺さっていた矢を右手に持っている。

フラつく……振りをして、矢を振りかぶって思いっきりグニラお義兄様の方へ投げた。

「……はっ？」

矢はグニラお義兄様を通り過ぎて、弓矢使いの額に刺さっていた。

「まずは、遠距離攻撃《えんきょりこうげき》ができる奴から仕留めるのが定石だな」

私が回復魔法をかけてからすでに三十秒は経《た》っていて、ジークの傷は完全に塞《ふさ》がっているし、麻痺毒も取り除けている。

ジークの身体能力なら、矢を素手《すで》で投げるなどは余裕《よゆう》だろう。

「な、なんでお前、動けて……！」

「お前が馬鹿《ばか》だからだな。ルアーナの光魔法は光を出すだけじゃなくて、回復もできるんだよ。それすら知らない奴が、よく闇討ちを仕掛けてきたもんだな」

麻痺が抜けているか確かめるためか、ジークが腕を回しながら答えた。

ジークの言葉を聞いて、お義兄様が私のことを睨んできた。

「回復魔法だと……⁉　お前がそんなのを使えるなんて、聞いてないぞ！」

「喋《しゃべ》っていませんからね。お義兄様が無駄に喋っている間に、回復魔法を使っていましたが」

「くそ、卑怯者《ひきょう》が……！」

「はっ、闇討ちを仕掛けてきた奴《やつ》が何言っているんだか」

ジークの言葉にイラッとしたように眉《まゆ》をひそめるお義兄様だが、すぐにまた笑《え》みを浮《う》かべた。

「麻痺を取り除いて、一人殺しただけで形勢逆転みたいに振る舞《ま》っているが……まだこっちは十人以上いるんだぞ？」

その言葉と共に、周りを囲んでいた傭兵達が一斉《いっせい》に武器を構えた。

私とジークも背中合わせになり、戦闘《せんとう》態勢に入る。

「ルアーナ、三人程度は捌《さば》けるな？」

「誰《だれ》と訓練したと思っているの？　ディンケル辺境領で一番強い聖騎士《せいきし》様とよ？　しかもその人、めちゃくちゃ厳しかったんだから」

「はっ、それは学んどいてよかったな」

ジークと初めて背を合わせて戦うけど、こんなにも頼《たの》もしいとは。

初めて真剣《しんけん》を持った相手と多数で戦うけど、負ける気がしない。

「ざっと計算して三十秒だな」

「妥当《だとう》ね」

「お前ら、やれ!!」

グニラお義兄様の言葉で、一斉に傭兵達が襲《おそ》い掛かってきた。

「ジーク！」

私の言葉と共にジークがしゃがむ、瞬間《しゅんかん》――私は光魔法で今出せる一番の光を放つ。

「くっ……！」

敵もこちらが光魔法なのはわかっていたはずだが、これだけの光は対処しようがない。

目を開ければ白い光が視界を遮《さえぎ》っているのだから。

「何も見えな——ぐはっ⁉」

その間にジークが傭兵を倒《たお》したようだ。

彼なら目が見えなくても気配で相手を認識《にんしき》して攻撃できる。

この光はずっと続くものではなく、数秒ほどしか続かないが……十分だ。

光が止《や》んだ時にはすでに半分に減っていた。

「くそ、まずはお前からだ！」

私に剣を振りかぶってきた傭兵を、まずは簡単に避《よ》ける。

即死《そくし》をさせないためか手加減をしているのかわからないが、遅《おそ》すぎる。

ジークと接近戦をやり続けた私は簡単に避けられるわね。

『光明《ルーチエ》』

「ぐっ、あああぁぁ⁉」

相手の顔面に手をかざして、強い光を放つ。

前にグニラお義兄様にやった光よりも強力な……完全に失明をするかもしれないくらいの威力《いりよく》だ。

傭兵達は雇われたといっても、こちらを殺しにきているのだから、容赦《ようしや》なんてしない。

傭兵は目を押さえてその場で転がる。

かなりの光を浴びせたから、目が焼けるように痛むのだろう。

転がった傭兵が持っていた剣を拾って、もう一人襲ってきた相手の剣を防ぐ。

力では男性に勝てないので、すぐに力を流すように躱《かわ》して、その人の顔の前に手の平をかざした。

「うっ！」

私の手の平から強烈《きょうれつ》な光が出ることを知っているので、瞬間的に目を瞑《つむ》る相手。

目を瞑ればもちろん失明をせずに済むけど、戦闘の時に目を瞑るのは悪手すぎるだろう。

私は傭兵の足を剣で斬《き》って転ばせて、剣を持っている腕《うで》も斬った。

「いっ……！」

「大人しくしてなさい」

さすがに切断するほどの威力は出ないけど、これでもう動けないし剣も持てない。

もう一人の傭兵が私に襲い掛かってくる……かと思いきや、その傭兵が後ろからバッサリと斬られた。

「よし、こんなもんか」

「私、まだ二人しか相手してないけど？」

「お前は倒すのが遅い」

「三十秒くらいしか経ってないのに、十一人も倒しているジークがおかしいのよ」

ジークの手にも剣《けん》が握《にぎ》られていて、倒した傭兵《ようへい》から奪《うば》い取ったのだろう。

地面には十一人の傭兵達が倒れており、息がある者もいれば息絶えている者もいる。

ジークも全く容赦をしていないから、殺す気で剣を振るってこうなったはず。

前線で魔物と戦っているから血とかは見慣れているけど、あまりいい気分じゃないわね。

「さて、あと一人……残っているな」

ジークが剣先をその一人、グニラお義兄《にい》様に向ける。

「な、なんで、雇《やと》った傭兵が、こんなあっという間に……！」

「こちとら、数年間ほぼ毎日前線で魔物と戦い続けてきたんだ。王都で貴族相手に媚《こ》びを売っているような傭兵ごとき、俺達の相手じゃねえんだよ」

王都で貴族の護衛をしていても、人と本気で戦うことはほとんどないだろう。

だけど私もジークも、魔物と戦って死なないために本気で訓練をして、前線で戦い続けてきた。

私は魔《ま》法《ほう》使《つか》いで近接戦はあまりしないけど、ジークにしっかり鍛《きた》えられた。

本気で命のやり取りをしたことがない貴族の傭兵くらいは問題なかった。

「さて、お前はどうしてやろうか。ここで殺すのもいいが、衛兵に突《つ》き出した方がアルタミラ伯爵《はくしゃく》家に傷がつくか？　それにお前の醜態《しゅうたい》が世に広まるのもそっちだろうな」

「くっ、う……！」

「暴れるなよ？　お前は見るからに身体《からだ》に筋肉もついてないし、魔法使いだろ。この距離《きょり》で魔法を発動しても、俺の方が……」

「な、舐《な》めるなぁ!!」

ジークが話している最中に、グニラお義兄様が前回のように炎《ほのお》魔法を発動させる。

意外と魔法の発動が早くて、私もジークも少しビックリした。

「俺は、魔法学校でも上位の成績だったんだ！　お前らごとき、転がっている傭兵達と一《いっ》緒《しょ》に焼いてやる！」

お義兄様の周りを炎が纏《まと》っていて、普《ふ》通《つう》だったら近づけないだろう。

「……まあ、多少優秀《ゆうしゅう》なのは認めてやるが」

しかしジークが剣を一度振《ふ》るうと、炎が霧《む》散《さん》した。

「なっ⁉」

「発動が早いだけで魔力が込められてないし雑な魔法。基礎《きそ》を疎《おろそ》かにしている雑魚《ざこ》だな」

「も、もう一回……！」

「いや、次はない」

ジークがお義兄様の右肩《みぎかた》あたりを剣で斬る。

腕が落ちるほどではないが、かなり深い傷だ。

「ぐあぁぁ!?」

「魔法は集中しないと発動できない。傷の痛みでもう魔法は発動できないだろ?」

「う、くぅぅ……くそぉ!」

グニラお義兄様は最後の力を振り絞《しぼ》ってか、ジークにではなく私の方へ向かってくる。

「お前だけでも、やってやる!」

肩の傷に呻《うめ》きながらも、懐《ふところ》から短剣を取り出した。

魔法だけじゃなく短剣も持っていたようね。

だけど、想定内よ。

「おらぁ!」

右肩を刺《さ》されているから、利《き》き手じゃない左手で短剣を持っている。

しかも怪我《けが》がかなり痛むようで、それを庇《かば》いながら短剣を私の顔あたりに上から振るってくる。

これに当たる方が難しいわね。

「遅いわ、お義兄様」

私は半身になって避けてから、足を振り上げてお義兄様の手を蹴《け》って短剣を弾《はじ》く。

「ぐっ!?」

手が弾かれた勢いでお義兄様は尻餅《しりもち》をつき、短剣が地面に落ちて私の方に転がってきた。

私はそれを拾って、お義兄様の顔に突きつける。

「ひっ⁉」

地面に転がって身体を震《ふる》わせ、青ざめた顔で私を見上げてくるグニラお義兄様。

数年前は伯爵家で私を舐めていて、時に暴力も振るってきたお義兄様が、ここまで無様な姿を見せるとは。

「こ、殺さないでくれ……！」

「――これで終わりよ、お義兄様」

私は振りかぶって、お兄様の顔面目掛《めが》けて短剣を振り下ろす――。

「ひっ――！」

ザッ、という音が響《ひび》いて、短剣の切っ先が地面に刺さった音がした。

お義兄様の顔横に突き刺して、彼には全く刺さっていないのだが……白目を剝《む》いている。

どうやら気絶してしまったようだ。

「ふっ、お似合いな姿ね、お義兄様」

これで、グニラお義兄様の襲撃《しゅうげき》は終わった。


その後、私の光球が暗い路地裏でとても目立っていたので、すぐに衛兵が来た。

私とジークがこの状況《じょうきょう》を説明すると、傭兵やグニラお義兄様を捕《つか》まえて連れて行った。

お義兄様はいまだに気絶していて、簡単に連行されて行った。

はぁ、楽しいダンスパーティーの後にこんなことがあって、残念ね。

私達の馬車の御者《ぎょしゃ》をいつもやっていた人は、近くの倉庫で拘束《こうそく》されていた。

衛兵が見つけてくれて、御者は怪我もなかったようでよかった。

私とジークはその御者が操《あやつ》る馬車で、今度こそタウンハウスへと戻《もど》った。

「ルアーナ、怪我はなかったか？」

「ええ、全くないわ。ジークこそ大丈夫《だいじょうぶ》？」

「俺があいつら程度で怪我をするとでも？」

「思わないわね」

二人とも怪我無く終わったのは本当によかったわ。

とにかくこれで、アルタミラ伯爵家にはもう容赦する必要はなくなった。

おそらくグニラお義兄様が独断でやったことだろうけど、止めることのできなかったアルタミラ伯爵家にも責任がある。


そして、数日後。

前のようにアルタミラ伯爵が私達の屋敷《やしき》に来ていた。

今回はしっかり訪問の約束をしてきたが、もういろいろと手遅《ておく》れだ。

応接室で私とジークに、机に頭が付くくらい頭を下げているアルタミラ伯爵。

「うちの馬鹿息子《ばかむすこ》が、申し訳ありません……！」

「……」

「今回の件は私は全く関与《かんよ》しておらず、全部馬鹿息子が自分でやらかしたことでして！　決してアルタミラ伯爵家がディンケル辺境伯家のお二人に害をなそうとしたということではないのです！」

前回とは打って変わって、とても下手に出ているアルタミラ伯爵。

いつの間にか私のこともディンケル辺境伯家の者と認めているみたいだし。

だけど私とジークは何も答えない。

「もういいよ、アルタミラ伯爵。俺達に謝らなくても」

「で、でしたら、許していただけるのですか？　お金などはできうる限り払《はら》いますので、どうか……！」

「はっ？　そうは言ってないが」

さすがに今回のことは私とジークだけでは対処できないところまで来ている。

だから、呼んだのだ。

「失礼、待たせたか？」

「あっ……！」

応接室に遅《おく》れて入ってきたのは、クロヴィス・エタン・ディンケル。

ディンケル辺境伯家の当主で、私とジークの父上だ。

「父上、辺境伯領から来ていただいて申し訳ないです」

「いや、構わない。だが辺境伯領に戻ってアイルに会いたいから、早く用事を済ませて帰りたいな」

クロヴィス様はそう言って、呆然《ぼうぜん》としているアルタミラ伯爵《はくしゃく》を睨《にら》んだ。

「さて、アルタミラ伯爵と言ったか」

「っ、はい、ヘクター・ヒュー・アルタミラです。本日はお会いできて……」

「挨拶《あいさつ》などはどうでもいい。話は聞いている、そちらの子息がこちらの家族に手を出したと？　しかも傭兵《ようへい》まで雇《やと》って殺そうとしたと？」

「そ、そうなのですが、それには理由がありまして……！」

「御託《ごたく》はいい。まずここではなく、違《ちが》う場所で話し合おうじゃないか。その場所の名は確か、皇室裁判所というんだがな」

「っ、そ、それだけは、ご容赦《ようしゃ》を……！」

皇室裁判所、主に貴族同士の争いごとを裁判する場所だ。

今回の場合、アルタミラ伯爵家が完全に悪いので、あちらにとって重い判決を下されるに決まっている。

皇室裁判所に訴《うった》えられたらアルタミラ伯爵家は終わりなので、だから今アルタミラ伯爵は必死に謝りに来ているのだろう。

「お、お金なら払います！　だからどうか……！」

多額の賠償金《ばいしょうきん》を払ってでも、皇室裁判所に訴えられたくないようだ。

だが、クロヴィス様はそんなに生易しい方じゃない。

「もういい。ここでの話は終わりだ。あとは皇室裁判所で聞こう」

「っ……」

絶望した顔だが、最後に縋《すが》るような顔で私の方を見てきた。

「ル、ルアーナ……頼《たの》む、助けてくれ！」

「……」

「私達は家族、家族だっただろう⁉　そんな家族を、お前は見殺しにするのか⁉」

良心に訴えたいのか、貶《けな》しているのか、よくわからないけど。

私が助けると本気で思っているのだろうか？

「前にもお話ししましたが、あなた達を家族と思ったことは一度もありません。それにあなたも、私を見殺しに……生贄《いけにえ》として、辺境伯領に派遣《はけん》したのでしょう？」

「っ……！」

いまさら家族と言うのも、見殺しにするなと言うのも、遅《おそ》すぎる。

全《すべ》てアルタミラ伯爵家が、私にやってきたことだ。

「あなた達は、私を家族と思わず、生贄として派遣したことも、何とも思わなかったのでしょう？」

「そ、それは……」

「だから私も、何とも思っていません。アルタミラ伯爵。皇室裁判所で言う言い訳でも考えておいた方が身のためかと思います」

私がそこまで言うと、隣《となり》で聞いていたクロヴィス様がふっと笑った。

「ああ、私の娘《むすめ》、ルアーナの言う通りだな。おい、アルタミラ伯爵のお帰りだ。丁重《ていちょう》に送ってやれ」

クロヴィス様が冷たくそう言い放ち、控《ひか》えていた私兵がアルタミラ伯爵を無理やり立たせて応接室の外へ連れ出した。

これでもう、アルタミラ伯爵家は終わりだろう。

私から復讐《ふくしゅう》に動くことはなかったのだが、勝手に自滅《じめつ》していった。

もう関《かか》わることは一生ないだろう。

「クロヴィス様」

アルタミラ伯爵が出て行ってから、私はクロヴィス様に話しかける。

「ん？　どうした？」

「私をディンケル辺境伯家の家族にしてくれて、ありがとうございます」

王都に来てから、私がルアーナ・チル・ディンケルになっていると知った。

クロヴィス様が皇帝《こうてい》陛下に掛《か》け合ってくれて、私の出自を変えてくれたとのことだった。

それがどれだけ大変なことなのかわからないけど、とても手間がかかったはず。

私をディンケル辺境伯家の家族にするために、動いてくれた。

それが本当に嬉《うれ》しい。

私が頭を下げてお礼を言うと、クロヴィス様はふっと笑った。

「礼には及《およ》ばない。むしろ黙《だま》ってやって悪かったな。アイルが『そっちの方がサプライズ感があるでしょ？』と言って聞かなかったんだ」

「あはは、そうなんですね。アイルさんらしいです」

アイルさんなら私を驚《おどろ》かせたくて、絶対伝えないでと言っていたのだろう。

ジークが私に悪戯《いたずら》をしてくるのは、意外とアイルさんに似ているからなのかもしれない。

「ルアーナがディンケル辺境伯家の家族になって、喜んでくれたのなら何よりだ」

「はい、もちろん嬉しいです。本当に感謝しています」

クロヴィス様に直接お礼を言えてなかったので、言えてよかった。

……なんかいろいろとあったから、襲撃《しゅうげき》される前にジークが馬車の中で言っていた「今以上の関係」というのがどういうことか、聞けなかったわね。

だけどあの時はいろいろとドキドキしすぎて、聞かないほうがよかったかも。
でも気になるし……どういう意味だったんだろう?

第4章　ルアーナとジークの関係の変化

クロヴィスが王都のタウンハウスに来てから、数日後。

皇室裁判はあまり開かれることがないうえに、ディンケル辺境伯家がアルタミラ伯爵家を訴えたとあって、とても注目された。

内容が全て公開されたわけではないが、アルタミラ伯爵家が絶対的に不利な状況《じょうきょう》になったというのは明らかだった。

そして結果、アルタミラ伯爵家は爵位《しゃくい》を剝奪《はくだつ》され、伯爵家が運営していた事業などの全ての権限がディンケル辺境伯家に移った。

グニラ・リウ・アルタミラは殺人未遂《みすい》犯として、極刑《きょっけい》が下った。

アルタミラ伯爵家にとっては、ほぼ最悪の結果となったことだろう。

わずかな救いは、アルタミラ夫妻は捕《つか》まらなかったこと。

それと長女のエルサだけはアルタミラ伯爵家ではなく、他《ほか》の伯爵家に嫁《とつ》いでいたので、特に影響《えいきょう》がなかったことだ。

「エルサという奴《やつ》は小賢《こざか》しいな。アルタミラ伯爵家が終わることを予知していたようで、一人だけ他の伯爵家に嫁いで逃《に》げたようだ」

クロヴィスがタウンハウスの執務室《しつむ》で、ジークと対面に座りながら喋《しゃべ》る。

「そうですね。ルアーナが言っていましたが、アルタミラ伯爵やグニラがこちらに何かする前に、自分だけは見逃《みのが》してほしいと懇願《こんがん》してきたようです」

「なるほど、ルアーナがそれを受け入れなかった結果、自分だけアルタミラ伯爵家の下《もと》を離《はな》れたというわけか。賢《かしこ》い選択《せんたく》ではあるな」

形だけ見るとエルサだけが助かったようだが、そんな簡単には済まないだろう。

確実に社交界でエルサを見る目が変わる。「自分だけ逃げて助かった令嬢《れいじょう》、薄情《はくじょう》な者だ」という風に見られるだろう。

それでも貴族じゃなくならないだけマシなのかもしれないが、肩身《かたみ》が狭《せま》い身となったのは確かだ。

「さて、これでいち段落ついたな」

「ですね、来てくださりありがとうございました、父上」

「ああ、久しぶりにジークとルアーナの顔を見たかったから問題ない。それに、アイルも我慢《がまん》できずに来てしまったしな」

「……ですね、ビックリです」

クロヴィスが王都に来てから数日後、追うようにしてアイルも王都に到着《とうちゃく》した。

本当は来る予定はなかったのだが、アイル曰《いわ》く……。

『私以外の家族がみんな王都にいるのに、仲間外れは寂《さび》しいわ。だから来ちゃった！』

とのことだった。

辺境伯家全員が、アイルらしいと思うような理由だ。

ディンケル辺境伯領では魔物《まもの》との戦いがずっと続いているが、クロヴィスやアイルが数日程《ほど》いなくても問題ない。

たださすがに長期間は難しいので、クロヴィスは皇室裁判が終わったらすぐに辺境伯領に帰る予定だ。

「アイルとルアーナはどうした？」

「二人で街に出かけています。服飾店や宝飾店《ほうしょくてん》を回っているようです」

「なるほど、仲が良いな。こちらに来て、ルアーナは何か服などは買っていたか？」

「親友ができたようで、その令嬢と街を回っていました。いくつかは買ったと思います」

「確か、オールソン伯爵家《はくしゃくけ》のレベッカ嬢だったな？　楽しく過ごしているのならよかった」

「ええ、そのレベッカ嬢のお陰《かげ》でルアーナはずいぶんと楽しそうにしていますよ」

「なんだ、令嬢に嫉妬《しっと》か？」

「……別に、嫉妬なんてしていませんよ」

ジークの答えに、クロヴィスは口角を上げてふっと笑う。

王都に来て、ルアーナはジーク以外の友達を増やした。

ジークは友達ではなく家族枠《わく》だろうが、ルアーナは同年代でジーク以外の交友関係がずっとなかった。

それが今ではオールソン伯爵家のレベッカに、その繋《つな》がりで紹介《しょうかい》してもらった魔法の塔《とう》の魔法使いディーサ。

社交界やお茶会では楽しく話せる令嬢も増えてきたようだ。

クロヴィスはそれが嬉しくもあり、同時に寂しくもある。

娘《むすめ》のように思っているルアーナが巣立っていくような感覚だ。

(ジークも私と同じように、いや、それ以上に寂《さび》しがっているのだろうな)

十五歳から兄妹《きょうだい》のように育ってきた二人だ。

それに特にジークは、兄妹以上の感情を持っているからなおさらのことだ。

「何か進展はなかったのか?」

クロヴィスが少し揶揄《からか》うように問いかけた。

特に何もなかっただろう、と決めつけているかのように。

しかし……。

「……まあ、少しは」

「えっ？」

ジークの照れたように小さく言った言葉に、クロヴィスは思わず目を丸くした。

まさか進展があるとは思っていなかったので、クロヴィスらしくない反応が出た。

「ほう……進展が、あったのか。まさか、もう恋人《こいびと》同士になったのか？」

「いえ、そこまではいってませんが」

「ふむ。それなら、どんな進展があったんだ？」

「……話さないといけませんか？　恥《は》ずかしいんですが」

「ああ、そうか。まあ無理にとは言わん。だが話してくれたら、何かしらアドバイスは言えるだろう」

「アドバイス、ですか」

「まず言えるのは、ルアーナとの仲を進展させるのは早い方がいいだろう。ルアーナは贔《ひい》屓目《きめ》なしに容姿が良いから、社交界で人気が出るはずだ」

「……」

「十八歳で婚約《こんやく》者がいない辺境伯家の令嬢だから、婚約話も来るだろう。というか、もう来ていたりするか？　私はまだ確認《かくにん》していないが」

「……来てますね。いろんな令息の誘《さそ》いが」

ジークが不貞腐《ふてくさ》れるようにそう言い放つ。

その様子を見てまたクロヴィスはふっと笑ってしまう。

「やはりそうか。ルアーナは知っているのか？」

「令息から誘われていることは知っているでしょうが、婚約話だとは気づいていないと思います。あいつはそういうのに疎《うと》いだろうから」

「ふっ、そうだな。ジークにも来ているのか？」

「ええ。もちろん、全部断っていますが」

辺境伯家の令息と令嬢が二人とも婚約者がいないので、屋敷《やしき》にはいろんな誘いの手紙が毎日のように届く。

しかし二人ともその誘いに全く乗らないので、少しだけ社交界で話題になっていた。

「それで、どのくらい進展したんだ？　話す気はあるのか？」

「……そう、ですね。進展という進展ではないのかもしれないですが——」

ジークは前回のダンスパーティーの帰り、グニラに襲撃《しゅうげき》される前の話をした。

ルアーナが家族としてずっといてくれるか、と聞いてきたので、「家族もいいが、今以上の関係になりたい」と話したことを。

「なるほど、今以上の関係か……悪くない切り口だが、ルアーナには遠回しすぎるかもしれないな」

「そうかもしれませんね」

「これからどうするか、考えているのか？」

「まあ、多少は。だからアドバイスはいらないです」

「……そうか。それならいい」

クロヴィスはまた少し寂しい気持ちになっていた。

ルアーナだけではなく、ジークも成長したように感じたから。

「前にも言ったと思うが、ルアーナが辺境伯家の者となったからと言って、ジークと結婚《けっこん》できなくなったわけじゃない。だからそこは気にするなよ」

「はい、わかっています」

「ああ、応援《おうえん》している」

「……ありがとうございます」

クロヴィスとジークは視線を合わせて、軽く笑い合った。

◆◆◆

王都にアイルさんも来てから、一週間ほどが過ぎた。

クロヴィス様が来ることは知っていたけど、まさかアイルさんが王都に来るとは思わなかったので、とてもビックリした。

だけど久しぶりに会えて嬉《うれ》しかった。

それに王都ではいろんなことがあったから、話したいこともたくさんあったし。

主に友達のレベッカやディーサのことをお茶しながら話したら、アイルさんもとても楽しそうに聞いてくれた。

アイルさんは聞き上手で、無口な方のクロヴィス様も彼女と一緒《いっしょ》にいると口数が増える。

だから話していて楽しかったんだけど、アイルさんも女子会みたいなものが羨《うらや》ましくなったのか……。

『私もレベッカちゃんやディーサちゃんにお会いしたいわ！』

と興奮気味に言うので、二人に連絡《れんらく》してみたら会ってくれるとのことだった。

それで今日、二人を屋敷に招待してお茶会をしたんだけど、最初の挨拶《あいさつ》からいろいろと大変だった……。

『ご招待ありがとうございます、ディンケル辺境伯夫人。私はレベッカ・ヴィ……』

『そんな堅苦《かたくる》しい挨拶なんていいわ、アイルって呼んで！　あなたが腹黒いレベッカちゃんね、とても可愛《かわい》くて良い子そうなのに意外ね！』

『はらぐろ……!?　ルアーナ、どんな紹介したんですか？』

『えっと、出会いのことを話したらそんな感じで受け取られちゃって……』

『否定できませんね……』

『堅い挨拶がいらないのは嬉しいな。私はディーサだ、アイル夫人』

『魔法《まほう》変態のディーサちゃんね！　私とも仲良くしてほしいわ！』

『こちらこそ。アイル夫人も魔力の色が特殊《とくしゅ》だが、どんな魔法を使えるのだ？』

『私？　四大魔法は全部使えるわね』

『なるほど素晴《すば》らしい、四大魔法は地水火風の四つからなるが全《すべ》てを使える人は魔法使いの中でも少ない。それとアイル夫人、あなたは魔毒を喰《く》らってから自力で二年も生き延びたと聞いているが？』

『そうね、ルアーナちゃんがいなかったら死んでいたと思うけど』

『まず一年も意識がない状態で魔毒に冒《おか》されても生きているのが凄《すさ》まじい。魔力操作がとても卓越《たくえつ》している証拠《しょうこ》だろう、おそらく私以上かもしれんな。辺境伯領にはルアーナやアイル夫人のような魔法使いがどれほどいるのだろうか。とても興味がある、いつか絶対に辺境伯領に行って調べたい。調べたいというとぜひアイル夫人の魔力量や魔法の質などを……』

『えい』

『ひゃぅ⁉』

『まあ！　これがルアーナちゃんが言っていた暴走ディーサちゃんね！　止め方も教えてもらったから、次は私が止めてディーサちゃんの可愛い声が聞きたいわ！』

『私は遠慮《えんりょ》したいがな……』

という、なかなか濃《こ》い挨拶をしてからお茶会が始まった。

最初はどうなるのかと思っていたけど、始まったら普通《ふつう》に楽しい。

アイルさんはマイペースだけど、聞き上手だからレベッカやディーサにいっぱい話を振《ふ》ってくれる。

私ですら聞いたことがない二人のことも聞けて新鮮《しんせん》だった。

レベッカも辺境伯夫人とのお茶会ということで、最初の挨拶から緊張《きんちょう》していたみたいだけど、すぐにアイルさんと打ち解けていた。

アイルさんも裏表がない人なので、レベッカはすぐにそれがわかったのだろう。

『ルアーナとアイル夫人は血が繋《つな》がっていないようですが、とても似ている母娘《おやこ》ですね』

レベッカがそんな嬉しいことを言ってくれて、私とアイルさんは顔を見合わせて照れ笑いをした。

ディーサも魔法の話には熱が入って止められることもあったけど、身の上なども軽く話してくれた。

今もアイルさんがディーサの話を聞いているところだ。

「ディーサちゃんは婚約者とか、恋人はいないのかしら？　レベッカちゃんはいるみたいだけど」

「いないな。侯爵家《こうしゃく》の令嬢《れいじょう》だからそういう話はよく来るが、全部断っている。私は魔法の塔《とう》の魔法使いだから、いなくても問題ない」

「そうなのね。結婚《けっこん》したい相手はいなかったの？」

「ふむ、それは昔いたな。アイル夫人、あなたのところのジークハルトだ」

「えっ、ジークちゃん⁉」

「魔法学校に通っていた頃《ころ》、何度か婚約を申し込んだこともある」

「そうなの⁉　知らなかったわ……あ、だけど『変な女に婚約を申し込まれて面倒《めんどう》なんですが』っていう話は聞いたことあるかも？」

「ああ、それが私だな」

「そうだったのね！」

な、なんかすごい会話になってきた……。

ディーサも過去のことだとは言え、自分が婚約を申し込んで振られた話をよくあけすけに話せるわね。

「だけどうちのジークちゃんに目をつけるなんて、ディーサちゃんは見る目があるわね！」

「ふっ、それは自分でも思うな。この間久しぶりに会ったが、やはり私の見る目は間違《まち》っていなかった。容姿も中身も男前に成長していたな」

「ふふっ、そうでしょう？　私は三年も眠《ねむ》っていたから、ジークちゃんの成長を途中《とちゅう》見ることができなくて残念だったわ」

「三年で済んでよかっただろう、一生見られなくなるところだったのだから」

「確かにそうね！　ルアーナちゃんのお陰《かげ》だわ！」

「あはは……」

なかなか踏《ふ》み込んだ自虐《じぎゃく》のようなことをアイルさんが言うので、少しひやりとする。

普通だったら少し気まずくなりそうだけど、ディーサも気にせずに話を続けられるのはすごいわね。

「ジークハルトが良い男に成長したのはいいが、もう私を選ぶことはないだろうな」

「確かに、ディーサ様じゃ勝てそうにないですね」

「ふふっ、ディーサちゃんも素敵《すてき》な女性だと思うけど、ジークちゃん視点だと負けちゃうかもね？」

「……あ、あの、なんでみんな私のことを見ているんですか？」

みんなが微笑《ほほえ》ましそうな顔で私を見てくるので、なんだか居たたまれない感じだ。

「ふむ……ルアーナ、私はあまり遠回しに聞くのが得意じゃない」

「は、はい」

「だから単刀直入に聞くが、ルアーナはジークハルトと婚約していないのか？」

本当にド直球に聞かれて、ドキッとしてしまう。

アイルさんが「きゃー、ディーサちゃん大胆《だいたん》！」と言っている。

「し、してませんよ。だって私はディンケル辺境伯家の一員で、家族なんですから」

「むっ、そういえばそうだな。養子に入ってしまったら、婚約や結婚はできないのか？」

「そこは問題ないわ。養子に入っても婚約や結婚はできることは皇帝陛下《こうていへいか》に確認済《かくにんず》みよ」

アイルさんが親指を立てて笑顔《えがお》で言ったけど、なぜそんなことを皇帝陛下に聞いたんだろうか。

「ふむ、それなら問題ないのか」

「ディーサ様、あまりルアーナとジークハルト様の関係に口を出すのは野暮ですよ。こういうのは静かに見守っているべきなんです」

「なるほど。聞いて悪かったな、ルアーナ」

「え、ええ、別にいいですが……それに、私はジークと婚約なんてありえないんで！」

「そうなのか？」

私の言葉に、ディーサが首を傾《かし》げる。

そんなに私とジークは婚約するように見えるのかしら？

「そうですよ。私もジークも、別に婚約したいなんて思って――」

『これからだ――覚悟《かくご》しておけよ、ルアーナ。俺は今の関係じゃ、満足できてないからな』

「――っ……！」

喋《しゃべ》っていて途中でジークが言ったことを思い出して、言葉に詰《つ》まってしまった。

「ん？　どうしたんだ、ルアーナ」

「い、いえ、なんでもありません」

「ふふっ、何かジークちゃんとあったんでしょ？」

「えっ⁉　な、なんでアイルさんが知って……！」

「知らないわよ？　だけどルアーナちゃんの顔を見てれば、そうなのかなって思って」

「私も気づきましたよ、ルアーナ」

「うぅ……！」

ジークと何かあったかという言葉に過剰《かじょう》に反応してしまい、アイルさんとレベッカに気づかれてしまった。

だけど二人とも深くは聞いてこないので、それはありがたい。

私もちょっと……ジークの気持ちや、自分自身の気持ちがよくわからない感じだから。

そんな話をしていると時間があっという間に過ぎて、レベッカとディーサが帰る時間となった。

とても楽しいお茶会で、いつかまた集まろうという話になった。

二人を見送って、私は自分の部屋に戻《もど》った。

部屋で一人になって考えることは……最後の方の会話で出てきたジークとのことだ。

ダンスパーティーの帰りに言われたことの真意について、まだジークから聞いていない。

グニラお義兄《にい》様の襲撃《しゅうげき》があって、いろいろとバタバタしていたから。

あれから、ゆっくりジークと話せてもいないし。

王都のタウンハウスに来てから、前までは食事の時に二人で話せる機会はあったんだけど。

今はクロヴィス様とアイルさんが来たから、二人きりじゃなくなってしまった。

いや、もちろんお二人がいるのは嬉《うれ》しいんだけど、ジークにあの時の言葉の真意を聞く雰囲気《ふんいき》ではないことは確かだ。

「今以上の関係、か……」

ジークがあの時言った言葉を思い出して、思わず呟《つぶや》いてしまう。

そのタイミングで、部屋のドアがノックされてビクッとした。

「は、はーい」

いつも通り、お茶会用のドレスを脱《ぬ》ぐのにメイドが手伝いに来てくれたのだろう。

そう思って返事をしたのだが……。

「ルアーナ、ジークだ」

「えっ、ジーク？」

ジークの声が聞こえて、さらにビックリしてしまった。

驚《おどろ》きながらもドアを開けると、ジークが部屋着ではなく外着の格好で立っていた。

「どうしたの？」

「夕飯の時間だからな」

「うん、確かにそうだけど……でも少し早いし、なんでジークが呼びに？」

いつもだったら普通《ふつう》にメイドが呼びに来るけど。

「今日は家じゃなく、店に行って食べるんだよ。もう予約してあるから」

「あっ、そうなのね。だからジークは外着なのね」

「ああ、ルアーナも準備できたら玄関《げんかん》に来てくれ。まあまあ良い店を予約してるから、それに合ったやつで」

「わかったわ」

アイルさんが王都に来てすぐに一緒《いっしょ》に買い物をしたから、ドレスはいろいろとある。

私は一着でいいと言ったのに、アイルさんが全部買ってしまったから。

着ないのももったいないので、そのどれかに着替《きが》えよう。

三十分後、メイドに手伝ってもらってドレスを着て髪《かみ》を整えてもらった。

白を基調にしたドレスで、刺繡《ししゅう》で青色が入っている。

髪も巻いてもらったりして、綺麗《きれい》に整えてもらった。

なぜかいつもより念入りに整えられたけど、外に食べに行くからかしら？

アクセサリーはアイルさんとまた今度買いに行こうという話になっているから、まだほぼ持っていない。

ジークからもらったイヤリングだけして、部屋を出て玄関へと向かう。

玄関に着くとジークが一人で待っていた。

「お待たせ、ジーク」

「ああ……似合っているな」

「っ……ありがと」

いきなり褒《ほ》められて少し照れてしまったけど、前のダンスパーティーでもやられたので、平静を装《よそお》ってお礼を言った。

彼も黒いジャケットで正装していて、似合っていてカッコいい。

「ジークも似合っているわよ。黒のジャケットだと上品な感じが出るわね」

「ああ、ありがとな」

ジークが優《やさ》しく微笑んだのを見てドキッとしたので、顔を見られないように視線を逸《そ》らしながら話す。

「それで、クロヴィス様とアイルさんは？　もう屋敷《やしき》を出て馬車に乗っているとか？」

「いや、父上と母上はいない」

「えっ？」

「言ってなかったな。俺とルアーナ二人で予約を取っている」

「そうだったの？」

まさかの言葉に、私は少し目を見開いた。

てっきり四人で食べに行くのだと思っていたから。

「なんで私とジーク二人だけなの？」

「父上がそろそろ辺境伯領に戻るからな。最後に母上とデートをしたいということで、二人で食事しに行ったんだ」

「ああ、なるほどね」

あのお二人はとても仲が良いわね、微笑《ほほえ》ましいわ。

時々、見ているこちらが恥《は》ずかしくなるくらいにイチャイチャしているけど……。

「それで、母上が『ルアーナちゃんをデートに連れて行ってあげて』と言ったからな」

「あっ、そういうことね」

「まあ……母上に言われるまでもなく、ルアーナと二人で食事をしたいと思っていたが」

「えっ……」

ジークが照れ隠《かく》しで言った本心のような言葉に驚いて、彼の顔を見上げる。

彼は少し頰《ほお》が赤くなっているが、私と視線を合わせて軽く笑った。

「それに、お前は王都で良い店を知らないからな。こっちから誘《さそ》わない限り、行く機会もないだろ？」

「そ、そうだけど……別に、タウンハウスの料理も美味《おい》しいわよ？」

「だが、外で食事をした方がデートっぽいだろ？」

「っ……デ、デートなの？」

まさかジークの口からそんな言葉が出てくるとは思わなかった。

「母上に連れて行けって言われたからな」

「そ、そうよね、仕方なくよね」

「……いや、それはどうだろうな」

「えっ？」

「……とりあえず、もう行くぞ。予約時間に遅《おく》れるからな」

ジークが照れ隠しのように頰を指でかいてから、私の方に手を差し出してくる。

私もドキドキしながら、彼の手を取った。

「じゃあ、行くか」

「え、ええ」

ジークと二人で出かけるのは初めてじゃないのに……今まで一番ドキドキしながら、一緒に屋敷を出て馬車に乗った。


馬車の中ではなんだか緊張《きんちょう》してあまり話せなかった。

話す内容はいろいろあるはずなのに、気まずい雰囲気が少し流れる。

だけど予約したというお店は近かったので、すぐに着いてお店に入った。

お店に入る前から外観でわかったけど……本当に、とても高級なお店だ。

内装もとても綺麗で、しかも案内されたのも完全な個室でとても広い。

「ジ、ジーク、本当にこんな良いお店で食事するの？　絶対に高いでしょ？」

「もちろんいい値段はするが、気にしなくていい」

「でも、ディンケル辺境伯家のお金を勝手には使えないでしょ？」

「お前はここで一回食事する程度で、ディンケル辺境伯家の資金が尽《つ》きるとでも思っているのか？」

「そうは思ってないけど……」

「それに、ここの金は俺が全部出してる」

「えっ、そうなの？」

「ああ、まあ元を辿《たど》れば辺境伯家の金だが、俺が前線で戦って稼《かせ》いだ金だ。ルアーナもらっていると思うが」

まさかジークが全額払《はら》ってくれているとは思わなかった。

「そうなのね。じゃあ私とジークで半額ずつ出せばいいってことね」

「俺が全額払うに決まってるだろ」

「えっ、でも……」

「俺が決めた店で、俺が誘ったデートだ。だから俺が払う」

「っ……そ、そう、ありがとう」

そこまで言われると、私も何も言い返せない。

ジークがこの食事をしっかりデートとして認識《にんしき》しているようで、なんだか恥ずかしい。

予想以上に胸が高鳴ってしまっている。

この後の食事、しっかり喉《のど》を通るかしら？

そんな心配をしていたんだけど……。

「んぅー！　美味しい！」

料理が美味しすぎて、心配は杞憂《きゆう》に終わった。

高級料理店は初めて来たんだけど、本当にすごい。

最初はレベッカに習ったテーブルマナーがしっかりできるかな、とか心配していたけど。

今はジークしか目の前にいないし、ジークも「そんなの気にすんなよ」と言って、いつも通りの感じで食べてくれた。

だから私も料理の味に集中出来て、本当に美味しく頂けている。

「全部美味しすぎるわ……！」

「ふっ、それならよかったよ」

ジークが目の前に座って、私のことを微笑みながら見ている。

あっ、少しはしゃぎすぎちゃったかしら……？

だけどジークは呆《あき》れたりせずに、むしろ機嫌《きげん》が良さそうにしている。

なんだかいつもよりも優しげで、くすぐったいような視線だけど。

でもそんなことが気にならないくらい、美味しい食事がどんどん出てきて、最高だった。

デザートも出てきて、食後の紅茶を飲んで一息。

「はぁ、とても美味しかったわ……」

「連れてきた甲斐《かい》があったな」

「うん、ありがとうね、ジーク」

「ああ」

ジークも照れ臭《くさ》そうにしながら紅茶を飲んでいる。

はぁ、まさか王都でこんなおいしい食事ができるなんて……。

三年前のアルタミラ伯爵《はくしゃく》家にいた頃《ころ》には、考えられなかったわね。

それもこれも、ディンケル辺境伯家が私を受け入れてくれたお陰《かげ》だ。

もちろん私が相応の努力をしたから、受け入れてくれたんだろうけど。

そういえば、ジークも言ってくれた。

アルタミラ伯爵やデレシア夫人がタウンハウスに来た時に。

『ルアーナは誰《だれ》にも頼《たよ》らずに努力して実力をつけ、辺境伯領で聖女として認められたんだ。お前みたいなクズがルアーナを侮辱《ぶじょく》するな』

ジークが私の頑張《がんば》りを認めてくれているとわかって、とても嬉《うれ》しかった。

彼はそういうのをあまり言葉にしたり態度に出したりしないけど、あの時はデレシア夫人にキレて言ってくれた。

私もジークのことは、尊敬している。

言葉や態度は少し悪いけど、周りをしっかりと見て気遣《きづか》っている。

今も私のグラスが空いたらすぐに「何か飲むか？」と聞いてくれたりする。

それに前線での魔物《まもの》との戦闘《せんとう》でも、自分が一番強いから誰よりも前に出て戦う姿は、素《す》直《なお》にカッコいいと思う。

そんなジークと家族になれて嬉しい、と思っていたんだけど……。

「ルアーナ？　大丈夫《だいじょうぶ》か？」

「っ、ええ、大丈夫よ」

「そうか。なら食事は終わったし、店を出るか」

「そうね」

少しボーッとしていたけど、ジークに声をかけられて一緒《いっしょ》にお店を出た。

本当にいいところだったから、また来たいわね。

私達は馬車に乗って、屋敷《やしき》へと戻《もど》る……と思いきや。

「御者《ぎょしゃ》、手筈《てはず》通りに行ってくれ」

「かしこまりました」

ジークが馬車の御者にそんなことを言ったので、不思議に思って首を傾《かし》げる。

「ジーク、屋敷に帰るだけじゃないの？」

「ああ、ちょっとお前を連れていきたいところがあってな」

「どこなの？」

「まあ、悪くない場所だ」

問いかけても場所をはぐらかすので、よくわからないけど任せることにした。

ジークのことだから、変な場所には連れて行かないと思う。

そのまま馬車に揺《ゆ》られること数分、目的地に着いたようだ。

ジークが先に降りて、彼の手を借りて降りたけど……場所はよくわからない。

街灯も最低限しかないところで、周りに人気《ひとけ》もない。

「ジーク、ここは？」

「王都の外れにある高台の近くだ。ここをもう少し登れば目的地なんだが、行けるか？」

私のドレスや靴《くつ》を見て、歩けるかどうかと問いかけてくれた。

「このくらいは大丈夫よ、だけどなんで高台に？」

「まあ、行けばわかる」

ジークはそう言って、私の手をさりげなく握《にぎ》ってから歩き出す。

歩幅《ほはば》も私に合わせてくれているので、少し登り坂になっているけど歩きやすい。

そういう気遣いを王都に来てから見せてくるから……なんだか心臓に悪い。

しばらく歩いていくと、頂上に着いたのか柵《さく》があった。

柵から向こうに見える景色、そこは……。

「っ、すごい……！」

とても綺麗《きれい》な夜景があった。

王都を見下ろせるほど高い場所のようで、いろんな建物や家がこの綺麗な夜景を作っている。

街灯がいろんな色の魔石で作られているので、光の色も様々だ。

「どうやら連れてきて正解だったみたいだな」

私が柵に前のめりになりながら夜景を見ていると、隣《となり》にジークが来た。

この場所には街灯が少しあるけど、やはり少し暗くて彼の顔が少し見えるくらいだ。

「ええ、とても綺麗な場所ね」

「そうだな。俺も初めて来たが、想像以上だ」

「ジークも初めてなの？」

てっきり何度か来ていたのかと思ったけど。

「ああ、俺が魔法学校に通っていた頃、父上と母上に教えてもらったんだ」

「そうなのね」

ジークが魔法学校に通っていた頃というと、五年前くらいか。

五年も前からこんな素敵な場所を知っていたのに、なんで今回が初めてなんだろう？

「なんで一回もここに来なかったの？」

「……連れてくる相手がいなかったからだ」

「相手？　別に一人で来ればいいんじゃないの？」

私が首を傾げながらそう聞くと、横にいるジークが一瞬《いっしゅん》言葉を詰《つ》まらせる。

「……ここは結構有名な場所で、一人で来る場所じゃないんだよ」

「そうなの？」

「ああ……父上はここで、母上に婚約《こんやく》を申し込んだらしい」

「えっ⁉」

クロヴィス様が、ここでアイルさんに告白を？

驚《おどろ》いたけど、とても素敵な話ね。

「そう、そんなところなのね」

「ここはそういう、告白する時に相手を連れてくるような、王都で有名な場所らしい」

「へー……えっ？」

告白する時に相手を連れてくる？

確かにここは素晴らしい場所で、夜にこの景色を見ながら告白なんてしたら、とても素敵な思い出になるだろう。

告白する場所として有名なのはわかる。

でも……なんでジークが、私を連れてきたの？

「えっと、なんでそんな場所に、ジークが連れてきてくれたの？」

「……」

そう問いかけると、ジークは少し目を見開いてから、私と視線を合わせる。

一瞬だけ気まずい雰囲気《ふんいき》が流れて、私はなんだか耐《た》えられなくて喋《しゃべ》る。

「あ、あれね、クロヴィス様とアイルさんがオススメした場所だから、連れてきたのよね。うん、嬉しいわ、ジーク」

「……はぁ、まあお前の鈍感《どんかん》さ加減はわかっていたことだから、もういいが」

「ど、どういう意味よ」

ジークが顔だけじゃなく私の方に身体《からだ》を向けて、正面から見合う。

「ルアーナ、前に俺が言ったことを憶《おぼ》えているか？」

「言ったことって？」

「俺は今の関係じゃ満足できてない、今以上の関係になりたいってことだ」

「っ……お、憶えてるけど」

むしろ憶えすぎていて、思い悩《なや》む夜もあったくらいだ。

「あの後にいろんなことがあったから、それについて喋ることができなかったが」

「……そうね」

ジークが私と顔を合わせて、少し沈黙《ちんもく》が流れる。

彼が何か言おうとしているのがわかったので、私は静かに待つ。

ジークは「あー……」と言って、少し頬《ほお》をかいてから言う。

「やっぱり俺は回りくどい言い方や、上手《うま》い言い回しなんかできないから、単刀直入に言う」

「……うん」

「俺はルアーナ、お前が好きだ」

「っ……」

ジークに真っすぐ見つめられて、そう言われた。

私もジークのことは好きなんだけど、ジークが言った「好き」というのは、私が思っているものとは違《ちが》うものなのだろう。

こんな場所で、真剣《しんけん》に言われたら……私でもわかる。

「最初に会った時は、小さくて生意気なガキだと思ったが」

「……ふふっ、それは私も思っていたわ」

「だろうな」

懐《なつ》かしいわね。三年前、クロヴィス様の部屋で会った時に、お互《たが》いに気に食わない相手だと思った。

だけど今では……。

「だがお前が劣悪《れつあく》な環境《かんきょう》に負けずに頑張《がんば》って、辺境伯領の前線で努力して戦い続けるのを見てきた。そして母上を助けてくれて……俺はお前を尊敬しているし、感謝している」

「……ありがとう」

「お前が父上と母上、俺と家族になれて嬉《うれ》しいと思うように、俺もルアーナと家族になれて嬉しく思う」

ジークはとても嬉しいことを言ってくれるが、「だが……」と続ける。

「俺はルアーナに妹とか家族以上の気持ちを持っている。それが恋愛《れんあい》的なことだというのは辺境伯領にいた頃《ころ》からわかっていたが、王都に来てから再認識《さいにんしき》した」

「っ……そ、そうなのね」

「お前には伝えてなかったが、いろんな貴族の令息からお前宛《あ》てにお見合いの話や婚約話が来てたんだ」

「えっ、知らなかったわ」

「俺が全部焼き捨てたからな。どこぞの男に、俺の好きな女をやるかよ」

「そ、そう……」

めちゃくちゃな独占欲《どくせんよく》で私宛ての手紙や誘《さそ》いを捨てられていたらしいんだけど、全く不快に思わない……というよりも嬉しいのが、ちょっと驚きだ。

「父上や母上、それにいろんな奴《やつ》に煽《あお》られたのは否定できないが……それでも、ルアーナが好きで、告白して今以上の関係に、恋人《こいびと》や婚約者になりたいというのは、俺の本音だ」

ジークに真っすぐに目を見つめられながら言われて、私は顔が熱くなるのを感じる。

いきなりのことで驚いたけど、ジークがそう思ってくれているのは嬉しい。

でも……。

「ジーク、ありがとう。その、私もジークのことは好き、なんだけど……その、恋愛的な好きなのかどうかは、わからない」

私は家族も友達もいなかったので、相手への好きという感情がどういう種類のものなのかよくわからない。

ジークのことは好きだけど、クロヴィス様やアイルさんも好きだし、レベッカやディーサも好き。

その違いがまだ区別できるほど、私はまだ人と関《かか》わりを持てていない気がする。

「だから、はっきりした答えはまだ出せなくて……」

「ああ、わかってた」

「えっ？」

「ルアーナならそう言うだろうな、となんとなくわかっていた。俺がルアーナのことが好きだってのは外から見てわかりやすかっただろうが、ルアーナにだけ伝わっていなかったからな」

「そ、そうなの？」

「ああ、父上や母上、お前の友達のレベッカ嬢《じょう》やディーサもわかっていると思うぞ」

「そうなの!?」

まさか、知らなかった……。

いや、確かにジークが過保護にしてくるなぁと思ったり、最近は素直《すなお》になったなぁと思っていたけど、恋愛的に好かれているとは思わなかった。

「えっ、もしかして私って、鈍感？」

「全員そう思ってるし、鈍感だろ」

「気づかなかったわ……」

何回か鈍感だと言われたことがあったけど、何のことだかよくわからなかった。

だけど私以外のみんなが気付いていて、私だけ気付いていないのなら……鈍感だと思われても仕方ない。

「うぅ、だって恋愛なんてわからないし……！」

「俺も初恋《はつこい》だからわからないがな」

「……ジーク、いきなり正直に話しすぎじゃない？」

ジークの私への想《おも》いが初恋と聞いてドキッとしてしまった。

「もう隠《かく》す必要がなくなったからな」

「だからと言って……」

「ルアーナ、お前が言いたいのは俺のことを恋愛として好きなのか、家族として好きなのかわからないから、待ってほしいってことだよな？」

「……うん、そう」

ジークが勇気を出して告白してくれたのに、曖昧《あいまい》な答えで申し訳ない。

私はそう思ってジークの顔が見られなかったのだが……。

「そうか、ならいい。待ってやる」

「……いいの？」

「今俺が告白しても、ルアーナがまだ答えを出せないだろう、とは思っていたからな」

「そうなんだ……じゃあ、なんで今告白したの？」

私が答えを出せないってわかっていたなら、告白しないでよかったんじゃない？

もしかして、私が困っているのを見るため？

「俺は待つつもりだったんだが、周りがうるさかったからな。父上や母上もそうだが、レベッカ嬢やエリアスが揶揄《からか》ってくるのがうっとうしいし……それに、ルアーナに群がる男共が邪魔《じゃま》というのもある」

「別に群がってくる男性なんていなかったけど」

「手紙がいっぱい届いたって言っただろ。だいたいはルアーナ個人というよりかは、辺境伯家の令嬢と婚約《こんやく》したいというような内容だが。それでも……好きな女に他《ほか》の男が近づこうとしているのを、俺は黙《だま》って見てられるほど大人じゃない」

「……そ、そう」

なんかさっきからドキドキさせる言葉を言ってくるんだけど、狙《ねら》って言っているのかしら？

「それに……」

「な、なに？」

ジークが私の顔を見つめて、ニッと笑った。

「告白することで、お前が俺を家族じゃなくて、恋愛対象として意識するだろ？　一番は、それが狙いだ」

「っ……」

「前にも言ったが覚悟《かくご》しろよ、ルアーナ――俺はお前が好きだ。もちろん家族として仲良くするのはいいが、ただの兄や妹みたいな関係では終わらせるつもりはないからな」

ジークはそう言って、私の手を取って唇《くちびる》を落とした。

その感触《かんしょく》も今までより妙《みょう》に伝わって来てしまい、私は顔が真っ赤になるのを自覚する。

ここは夜景が良く見えるとても素敵な場所で、ジークがわざわざ連れてきてくれて。

こんな状況《じょうきょう》で、ドキドキするなというほうが無理である。

今が夜で、街灯の灯《あか》りも少なく暗いところでよかった。

真っ赤になった顔を、ジークにしっかり見られないで済んだから。

「……そ、その、私が姉で、ジークが弟でしょ」

「はっ、ツッコむところがそこかよ。まあ照れ隠しってことなら可愛《かわい》いな」

「うっ！　わ、わかっているなら言わないでよ！」

なんだか慣れない空気感だから、いつも通りの感じで喋《しゃべ》ろうとしたら、ジークが可愛いとか言ってきた。

ジークからそんなことを言われたことがほとんどないので、さっきから何回も胸が高鳴ってしまう。

「じゃあ、そろそろ帰るか。父上と母上も屋敷《やしき》に帰ってるだろうからな」

「そ、そうね」

「じゃあルアーナ、手を」

「……うん」

「これくらいで緊張《きんちょう》するなよ。心臓持たねえぞ？」

「う、うるさいわね！　ジークが慣れないことするからでしょ！」

少し私達らしい空気になりながらも、馬車に戻《もど》って屋敷に帰った。

……ジークに告白されたけど、これからどうなるんだろう？

エピローグ

ジークから……その、告白をされてから、数日後。

私はレベッカとディーサと会って話していた。

今日はディーサの部屋、魔法《まほう》の塔《とう》の彼女が研究している部屋で。

「やはりルアーナの光魔法は本当に素晴らしい。まだ模倣《もほう》魔法などでその能力を真似《まね》ることは出来ていないが、これも時間の問題のはず。だがおそらく模倣出来たところで君が発動する回復魔法と同等の性能は出せないだろう。なぜなら君の魔力は光魔法に適しているからで、模倣魔法はそこまでの性能を真似は――」

「てい」

「ひゃぅ!?」

いつも通りのディーサの暴走を、レベッカが止めた。

今日は研究の手伝いをしに来て、今は落ち着いて椅子《いす》に座って三人で話している。

私の光魔法を模倣する魔道具もあと少しで完成するようだが、性能は私が発動するよりかは落ちるようだ。

それでも軽傷なら回復できるだろうし、とても凄《すご》い開発だと思う。

「今は魔法のことはいいんですよ、ディーサ様」

「むっ、ここは魔法の塔だぞ？　それなのに魔法のことを話さないなんて……」

「もういろいろ研究して話したから大丈夫《だいじょうぶ》です。それよりも、気になることがありますよね？」

レベッカが私と視線を合わせて、ニッコリと笑う。

その笑《え》みがなんだか怖《こわ》くてビクッとしてしまう。

「な、なんですか？」

「ふふっ、ルアーナなら私が聞きたいことはわかるでしょ？」

「その、よくわかりませんが……」

「もちろん、ジークハルト様とのことですよ」

わかっていたけど、やっぱりそのことなのね……。

まだ私はジークから告白されたことを、二人に話していない。

というか誰《だれ》にも話してないんだけど、何人かには今のように「ジークと何かあった？」と聞かれている。

クロヴィス様とアイルさんにも。

その理由は、ジークの行動にある。

「今日もこの魔法の塔に来るのに、一緒《いっしょ》に来ていたじゃないですか。しかも馬車から降りて、最後に手の甲《こう》にキスを……」

「い、言わなくていいから！」

レベッカの言った通り、ここに来る時もジークと一緒に来たのだ。

私は一人でいいと言ったんだけど、ジークも街に用があるということで一緒に馬車に乗って来たのだ。

それで魔法の塔に着いて、ディーサとレベッカが見ている前で社交パーティーの時のように手の甲に唇を落としたりして……！

もう最近は慣れてきたと思っていたけど、やはり人前でやられると恥《は》ずかしい。

「私もそれは見ていたが、あのくらいは社交パーティーでもやるだろ？　そこまで気にするようなことか？」

「ディーサ様、確かに仕草自体はありふれているかもしれませんが、その時のジークハルト様の顔を見ました？」

「いや、見ていないが」

「とても、本当にとても優《やさ》しい顔をしていて……もうあれはどう見ても、何かあったとしか思えません！」

興奮気味にレベッカがそう言ったのだが、私もそれは少し感じていた。

ジークの言動も私に対して優しくなったりしてるんだけど、それ以上に表情がなんか前とは全然違《ちが》う。

不意に見せる笑顔《えがお》がいつもよりも優しげで、それがカッコよくもあって可愛らしくもあって、ドキッとしてしまう。

あの笑みにはいまだに全然慣れない。

「あんな笑みをするくらいだから、何か進展がないとおかしいです！　ルアーナ、何があったんですか⁉」

「べ、別にその、何もないですよ？」

「動揺《どうよう》がすごいな。魔力の色を見なくても嘘《うそ》だとわかるぞ」

「うぅ……！」

ディーサにもそう言われてしまい、私は困ってしまう。

この二人ならジークに告白されたと言っても、別に誰に言い触《ふ》らすこともないから大丈夫だと思うけど。

「まあルアーナが喋るつもりがないなら、無理に聞くことはしませんよ」

「そ、そうですね、助かります……」

まだ私もいろいろと心の準備が出来ていないので、レベッカが引いてくれて助かった。

それからはお茶会のように雑談をしたり、ディーサと魔法について話したりと、いつも通り楽しく三人で過ごせた。

夕方くらいになり、魔法の塔をレベッカと一緒に出る。

ディーサに入り口まで送ってもらったので、三人で魔法の塔の入り口あたりに来たのだが……もうすでに私の迎《むか》えの馬車があった。

そして、中からジークが出てきた。

「よう、迎えに来たぞ、ルアーナ」

「あ、ありがとう、ジーク」

またいつもよりも優しげな笑みを見せるジークに、私はドキッとしてしまう。

「ふむ、なるほど……確かに違うな」

「でしょう？」

今度はディーサが正面からジークの顔を見ていたので、二人が小さく呟《つぶや》いているのが聞こえた。

「違う？　何がだ？」

「いや、こちらの話だ、ジークハルト。君の身体能力なども研究したいから、また私の部屋にぜひ来てくれ」

「それは断る」

「じゃあルアーナが『一緒に来て』と言ったら？」

「……行く」

「ルアーナ、今度はジークと一緒に来てくれ」

「わ、わかりました」

次に魔法の塔に来る時は、ジークも一緒に行くことになりそうね。

というか、ここまで二人の前で私を特別扱《あつか》いしたら、いろいろとバレそうなんだけど。

……でも私以外はジークが私のことを好きって知っているらしいから、いまさらかも。

「じゃあ俺達は帰るぞ」

「そうね。レベッカ、ディーサ、またお話ししましょ」

「ええ、また」

「次もよろしく」

二人に別れを告げて、私とジークは馬車に乗り込んで屋敷《やしき》へと向かう。

馬車に揺《ゆ》られること数分……私はまた我慢《がまん》できずに、ジークに話しかける。

「ジーク……今日の朝も言ったけど、何で対面じゃなくて私の隣《となり》に座っているのかしら？」

「ん？　嫌《いや》か？」

「嫌とかじゃないけど……」

馬車は辺境伯家《へんきょうはく》が用意した豪華《ごうか》なものだから、隣に座っても狭《せま》くはない。

だけどいつも対面に座っていたし、そちらの方がゆったり座れるはずなのに。

「ただ俺が隣に座りたいから、と朝も言ったはずだが？」

「別に私の隣に座ったところで、何も良いことはないでしょ？」

「そうでもない。例えば……いつもは正面からで見えなかったが、恥ずかしくなると耳まで赤くなるとかな」

「っ……！」

ジークが見ている耳を手で隠《かく》しながら、彼を見上げるように睨《にら》む。

私が睨んでも、ジークの優しい微笑《ほほえ》みは変わらない。

「ジ、ジーク、いきなり態度を変えすぎでしょ！　周りからも疑われているんだから！」

「そうか？　ルアーナと二人の時は態度を変えている自覚はあるが、周りがいる時に変えているか？」

「変えてるわよ！　それにその笑顔もよ！　私に向ける時にだけ、そんな笑みをして……！」

「笑顔？　ふむ、よくわからないが……」

彼は不思議そうに顎《あご》に手を当てて少し考える。

「それと、周りに疑われるというのはどういうことだ？」

「私とジークが、婚約《こんやく》関係にあるとかなんとか……」

「ふっ、それならいいじゃないか。俺はそうするために動いているんだから」

「なっ……！」

ジークが優しげな笑みではなく、ニヤッと笑った。

まさか計算通りだったなんて……！

「自分が好きな女を他《ほか》の男に取られたくない、と思うのは当たり前だろう？」

「うっ……」

「それと同じで、好きな女に向ける笑みも意識していないが変わっているのかもな」

そう言って変わった方の笑みを向けてくるので、私は視線を逸《そ》らした。

もちろん今回は、しっかりと赤くなった耳を隠して。


屋敷に着いたけど、道のりが長くなったように感じるわね……。

私達が屋敷に入ると、ちょうど玄関《げんかん》にクロヴィス様とアイルさんがいた。

「二人とも、お帰り。私とアイルも仕事終わりでちょうど帰ってきたところだ」

「お帰りなさい、ジークちゃん、ルアーナちゃん」

「ただいま帰りました、父上、母上」

「お仕事お疲《つか》れ様です」

私達は夕食時なので、そのまま食堂へと向かう。

向かう道中、クロヴィス様とジークが前を歩き、私とアイルさんが後ろを並んで歩く。

するとアイルさんが前の二人に聞こえないように、小さな声で話しかけてきた。

「ルアーナちゃん、ジークちゃんと何かあったでしょう？」

「うっ……アイルさんもわかりますか？」

「わかるわよー、二人ともわかりやすいもの」

アイルさんがニコニコと笑って、楽しそうに言った。

「特にジークちゃんね。自分でも自覚してなさそうだけど、ルアーナちゃんを見る目とかが今までと全然違《ちが》うもの」

「で、ですよね。ジークは自覚がないって言うんです」

「ふふっ、そうよね。やっぱりジークちゃんは夫に似たのね」

「クロヴィス様にですか？」

確かにジークはクロヴィス様と容姿もそっくりだけど。

「ふふっ、これから大変ね、ルアーナちゃんは」

「そ、そうなんですか？」

「ええ、ジークちゃんは夫に似ているから――好きな人をそれはもう、溺愛《できあい》しちゃうタイプよ」

「えっ……!?」

で、溺愛って……!

まさかジークに限って、そんなことは……でも、今の態度とかを見ると否定できないわね。

「まあ今までも態度には出てなかったけど、そんな雰囲気《ふんいき》は伝わって来ていたけどね」

「そ、そうでしたか?」

「ルアーナちゃんだけが気付いていなかったけどね」

「うっ……」

アイルさんにも私が鈍感《どんかん》だということを言われてしまった。

「ルアーナちゃんはまだ返事はしてないの?」

「は、はい、そうです」

「じゃあこれからジークちゃんのアタックが始まるのね。ふふっ、楽しみだわ」

「私はあまり楽しみじゃないんですが……!」

「ジークちゃんは溺愛してくれると思うけど、その分独占欲《どくせんよく》も強そうだしね。頑張《がんば》ってね、ルアーナちゃん」

「何を頑張れば……!?」

私とアイルさんがそんな話をしていると、さすがに少し聞こえてしまったのか、前の二人が振《ふ》り返った。

「二人とも、何か言ったか？」

「なんでもないわ。ただあなたの愛がいつも嬉《うれ》しいって話をしていただけ」

「そうか？　私もアイルからの愛はいつも感じているが」

「まあ嬉しいわ」

アイルさんがそう言って、クロヴィス様の隣に行って彼に腕《うで》を絡《から》めて歩き始める。

そして私の方を見てウインクをした。

えっ、なに、私もやれって意味？

さすがにそれは難しい……！

アイルさんがクロヴィス様の隣に行ったからか、ジークが私の隣に来た。

「ったく、なんでいきなりイチャイチャして……どうしたんだ？」

「さ、さあ、なんでだろうね」

「まあ、今だと少し羨《うらや》ましいと感じるが」

「えっ？」

ジークの顔を見上げると、また私に優《やさ》しげな笑《え》みを向けていた。

「俺達もあれをやるか？」

「っ……や、やらないわよ。まだ婚約も結婚もしていないんだから！」

「そうだな……まだ、な」

「ち、ちが、そういう意味じゃないから！」

「はいはい、わかってるよ」

今度はいたずらっぽい笑みを見せたジークは、私に手を差し伸《の》べた。

「これくらいはいいだろ？」

「……まあ、そうね」

手を繋《つな》ぐくらいは何度もやっているし、大丈夫《だいじょうぶ》かしら。

そう思ってジークの手と重ねると、いつもの握《にぎ》り方ではなく、指を絡めるような繋ぎ方をしてきた。

なんだかいつもよりも密着感があって、男性らしいジークの手がより伝わってくる。

ドキドキするけど、なんだかしっくりくる感じもある。

そう思って、私の方からも強く握ってしまった。

「っ……まさか握り返してくるとは思わなかったな」

するとジークがそう言って、顔を少し逸らした。

彼も恥《は》ずかしくなると耳が赤くなるわね。

「ふふっ」

「……何笑ってんだよ」

「別に、なんでもないわよ」

少し仕返しができた気がして、楽しくなった。

ジークに告白されて、これからどんな関係になるかわからないけど。

私が理想とする夫婦《ふうふ》は、クロヴィス様とアイルさんだ。

貴族社会は契約《けいやく》結婚や政略結婚などが多い中、お二人は恋愛《れんあい》結婚をして、今でも愛し合っている。

そんな関係を築けるような相手がいい、と思っていたけど……。

『ジークちゃんは夫に似ているから――好きな人をそれはもう、溺愛しちゃうタイプよ』

アイルさんにそんなことを言われたら、なんだかさらに意識してしまった。

ジークがこれ以上私のことを溺愛するなんて、想像できないけど。

だけど……ジークにそんなに想《おも》われたら、どれだけ幸せなのか。

私はそんな未来を想像してしまい、また恥ずかしくなって耳が赤く染まったのを感じる。

熱くなった耳を手で冷まそうと、ジークからもらったイヤリングに触《ふ》れた――。

あとがき

読者の皆様《みなさま》、お久しぶりです。作者のshiryu《シリュー》です。

この度《たび》は二巻をお読みいただきありがとうございます！

ルアーナに友達ができて、さらにジークとの距離《きょり》も急接近といった感じで、可愛《かわい》らしいルアーナが見られたと思います。

ジークも攻《せ》め攻めで、今後のルアーナの心臓が持つか持たないか……どうなるのでしょうね。

ジークはツンデレなので、いきなりあれほどデレるのはおかしい……そう思う人もいるかもしれません。

しかしツンデレというのは相手に好意を伝える前までは、「ツン」が九割。

そして好意を伝えた後は、「デレ」が九割になるもの！

自分はそんなことを聞いたことがあります！　いや、適当に作りました！

（本当は兄からそのようなことを聞いたような気がします……覚えていませんが）

とりあえず、ようやくタイトルの「溺愛《できあい》」という部分を出せたかなと思って、一安心です！

結構いろんなキャラが出てきましたが、皆《みな》さんはどのキャラがお気に入りでしょうか？

個人的に書いてて楽しくて好きなのは、ディーサですね！

自分はあのような少しぶっ飛んでいるけど、どこかカッコいいみたいなキャラが好きになりますね。

特に女性キャラでそういう性格をしていると、すぐに惹《ひ》かれてしまいます。

なかなか強烈《きょうれつ》なキャラなので、皆さんに好かれるかは少し不安ですが……ジークにも嫌《きら》われているようですし。

読者の皆様には、ぜひディーサを気に入っていただけたら嬉《うれ》しいです！

本作はすでにコミカライズも開始しており、二巻まで出ていますが、皆様はそちらはお読みになっていますか？

漫画《まんが》のレベッカやジークもとても可愛らしく、素晴《すば》らしいものとなっていますので、読んでいただけると幸いです。

……いや、やっぱり春乃《はるの》まい先生の絵柄《えがら》がめちゃ可愛いので、絶対にお読みください！

本作を読んでいただきありがとうございます。
またいつの日か、三巻でお会いできることを願っております。
以上、ここまでのお相手はshiryuでお送りいたしました！

shiryu

「生贄として捨てられたので、辺境伯家に自分を売ります2 ～いつの間にか聖女と呼ばれ、溺愛されていました～」
の感想をお寄せください。
おたよりのあて先
〒102-8177　東京都千代田区富士見2-13-3
株式会社KADOKAWA　角川ビーンズ文庫編集部気付
「shiryu」先生・「RAHWIA」先生
また、編集部へのご意見ご希望は、同じ住所で「ビーンズ文庫編集部」
までお寄せください。

生贄《いけにえ》として捨《す》てられたので、辺境伯家《へんきょうはくけ》に自分《じぶん》を売《う》ります2

～いつの間《ま》にか聖女《せいじょ》と呼《よ》ばれ、溺愛《できあい》されていました～

shiryu《シリュー》

角川ビーンズ文庫　24188

令和6年6月1日　初版発行

発行者――山下直久
発　行――株式会社KADOKAWA
〒102-8177　東京都千代田区富士見2-13-3
電話 0570-002-301（ナビダイヤル）
印刷所――株式会社暁印刷
製本所――本間製本株式会社
装幀者――micro fish

●お問い合わせ
https://www.kadokawa.co.jp/（「お問い合わせ」へお進みください）
※内容によっては、お答えできない場合があります。
※サポートは日本国内のみとさせていただきます。
※Japanese text only

ISBN978-4-04-114914-0C0193 定価はカバーに表示してあります。　◇◇◇